Premier de cordée
2

ŒUVRES PRINCIPALES

Premier de cordée
Retour à la montagne
La grande crevasse
Les montagnards de la nuit

Bivouacs sous la lune :
La piste oubliée
La montagne aux Écritures
Le rendez-vous d'Essendilène

Lumière de l'Arctique :
Le rapt
La dernière migration

Les Terres de l'Infini :
La peau de bison
La vallée sans hommes

Carnets sahariens
Les montagnes de la Terre
Mission Ténéré
La Vanoise
Sahara de l'aventure
Peuples chasseurs de l'Arctique
Nahanni
Kabylie 39
Sur la piste d'empire
Djebel Amour
Le versant du soleil
L'esclave de Dieu
Le mont Blanc

Frison-Roche

Premier de cordée
2

Librio

Texte intégral

A la compagnie des Guides de Chamonix,
un des leurs

DEUXIÈME PARTIE

TU SERAS GUIDE

1

Six mois se sont écoulés depuis l'accident.

L'hiver est venu apporter sur toutes ces tristes choses la résignation calme et douce de son recueillement. Là-haut, au Moëntieu des Moussoux, la vie a repris. Pierre, sorti de l'hôpital, a gardé la chambre pendant longtemps, assistant, de sa fenêtre large ouverte sur les cimes, à la venue des neiges ; il lui semblait qu'une paix intérieure se faisait en lui à mesure qu'augmentait l'épaisse couche blanche.

On le vit rarement à Chamonix cet hiver-là. Parfois, il prenait ses skis et glissait dans un bruissement de soie vers la ville, mais c'était pour en remonter dès la tombée du soleil, car l'effort qu'il faisait rosissait exagérément ses pommettes. Alors, Marie Servettaz lui servait bien vite un grand bol de thé bouillant avec du lait, et lui, restait près du grand fourneau de faïence et de pierre, à rêver, à fumer sa courte pipe, ou à lire. Il se plaisait dans la grande pièce centrale bien chaude et bien éclairée qu'il avait ornée avec goût de belles photos de montagne, de portraits d'alpinistes célèbres dédicacés à son père, de quelques toiles sobres signées de grands noms de peintres montagnards.

Cependant la Marie s'efforçait, sans y parvenir, de l'intéresser à la saison qui allait bientôt commencer pour la petite pension de famille. Il répondait bien aux lettres des clients, mais beaucoup plus parce que ces derniers lui demandaient des nouvelles de la montagne que pour les attirer chez lui; il les aimait comme de vieilles connaissances, surtout Hubert de Vallon, auquel le liait une véritable amitié. Ce dernier lui communiquait ses projets, lui demandant mille renseignements sur l'enneigement, l'état du rocher, les tentatives probables, les projets en cours, et Pierre, en le lisant, poussait un grand soupir, puis répondait, s'épanchant, se confiant, certain d'être compris. Souvent Aline venait le retrouver; leur amour avait débuté en amitié très tendre, et leurs relations se continuaient ainsi sous le signe de cette amoureuse amitié. Il aimait la présence de la jeune fille autour de lui, et elle restait de longues heures à tricoter, en compagnie de la mère et des jeunes sœurs de Pierre.

Après les heures atroces de septembre, la Marie s'était remise courageusement au travail, s'estimant au fond presque heureuse d'avoir arraché son fils à la montagne, mais tremblant à l'idée de le voir partir à nouveau. Pour l'instant, bien sûr, il n'en était pas encore question : il était trop faible, mais ce qu'il fallait, c'était éviter qu'il y pensât trop. Chaque fois qu'il descendait à Chamonix, elle ressentait comme un pincement de jalousie; elle savait très bien que Pierre allait retrouver Fernand, Paul et Boule, les trois inséparables, et que leur conversation ne roulait généralement que sur les courses et la montagne. Fernand surtout était passionné comme pas un et se faisait déjà remarquer par son audace extraordinaire. Alors la Marie prenait Aline à part et la suppliait presque :

— Faut plus que Fernand lui bourre le crâne avec ces idées de courses! Faut plus!... Je sais bien que ton frère est un brave garçon et qu'il n'y voit pas de mal... Mais à force de rabâcher des projets devant Pierre, comment veux-tu que celui-ci nous reste? Il faut l'empêcher de repartir, Aline, promets-moi de m'aider!

— Je vous aiderai, Marie, mais vous savez, je crois

que là-dessus je ne pourrai guère plus que vous... J'essaierai quand même !

Une chose inquiétait grandement Pierre : il était sujet fréquemment à de fortes migraines qui lui laissaient la tête vide et cependant lourde comme du plomb. Comme cela revenait régulièrement, il se résolut à voir le docteur.

Il s'y rendit, sans prévenir, un beau matin de printemps.

Le Dr Coutaz était un praticien fort estimé, surtout parmi les guides et les campagnards ; l'hiver, il était le seul qui consentît à faire de longues heures à skis dans la neige, quelque temps qu'il fît, pour aller soigner les malades souvent impécunieux. Il le faisait par devoir professionnel d'abord, par amour de la montagne et de ses habitants ensuite. Pierre alla donc le trouver sans détour.

Le diagnostic fut rapide.

— La fracture du rocher t'a laissé quelques troubles dans l'oreille, Pierre, dit le docteur, et cela te donne régulièrement ces maux de tête ; mais je crois qu'à la longue tout passera. Seulement, fais attention, hein ! Pas de bêtises ! Tu dois être sujet au vertige maintenant, c'est la conséquence classique de tes troubles ; aussi te conseillerai-je de te méfier ; tu seras d'ailleurs fixé sur ce point la première fois que tu te trouveras en face du vide.

Pierre a légèrement blêmi, mais il réussit à masquer les sentiments tumultueux qui l'envahissaient.

— Baste ! répondit-il en souriant, ça ne m'empêchera pas de trotter !

— Naturellement ! Ce que j'en dis c'est uniquement pour ce qui concerne les « grosses » ; pour la montagne à vaches, la neige, les courses faciles, tu peux en faire à condition de te faire accompagner d'un bon ; mais surtout ne passe plus en premier ; ça pourrait te faire lâcher d'un coup sans prévenir. Reste bien tranquille au Moëntieu. A propos, vous attendez des clients pour l'été ?

— Pas avant le mois de mai, docteur. Mais ensuite c'est complet pour toute la saison.

— Raison de plus, mon gars, tu auras du travail, il faudra seconder ta mère ; ça t'occupera et te fera oublier un peu la montagne.

— Comptez sur moi, docteur, mais pour le reste j'aime mieux ne rien vous promettre ; mieux que ça, je vous parie de vous conduire au Grépon dans moins de deux mois !

— Ne dis pas de bêtises, Pierre ; c'est sérieux, le vertige. Suis mes conseils.

Pierre quitta le docteur avec un brin de tourment au-dedans de lui-même. « Alors quoi ! pensa-t-il, ça serait possible cette chose ? Vraiment finies pour moi les courses en montagne ?... » Mais son visage s'éclaira et il se morigéna : « Pauvre idiot que je suis ! c'est une conspiration tout ça, c'est visible ; la maman a dû parler au docteur, lui confier ses craintes, et peut-être aussi Aline, et puis ?... mais bien sûr ! l'oncle Paul fait tous les soirs son bridge avec le docteur, il doit être de la conspiration. » Ses traits se durcirent et il maugréa tout haut : « M'empêcher d'y retourner ? ils verront ! »

La place de Chamonix est quasiment déserte : fermé le Bureau des Guides, fermée la boutique aux cristaux, et chez Gros-Bibi il y a tout juste deux clients qui discutent avec force gestes un marché quelconque.

Pierre aspire les senteurs du printemps.

Un grand souffle chaud parcourt depuis huit jours la vallée de Chamonix. Venant d'Italie, le vent s'engouffre dans le corridor de la Mer de Glace, vient heurter les raides pentes herbeuses de l'Aiguille à Bochard, puis retombe comme une haleine tiède sur les étroites prairies qui bordent l'Arve, faisant éclore brusquement en une nuit l'admirable flore alpestre. Chaque jour la vieille neige de l'hiver recule, monte, se réfugie dans les alpages, puis plus haut dans les grands couloirs et dans les glaciers... On peut suivre cette progression du printemps : c'est comme un immense assaut que donne la nature à la montagne. Les forêts toutes rougies par les gels et les tourmentes reverdissent de jeunes pousses d'un vert très tendre, mais plus haut, vers les deux mille, tout est encore brûlé. Les névés fondent les uns après les autres, laissant sur le paysage une tache rougeâtre. On dirait une plaie mal guérie; cela fait comme une croûte qu'on aurait arrachée et qui laisserait dessous le ton plus clair de la peau mal formée. Puis ces plaies des alpages se cicatrisent à leur tour, verdissent, et le gazon dru des altitudes vient unifier la teinte fraîche de la montagne.

Il y a de l'eau partout : dans les torrents qui coulent à pleins bords; dans l'Arveyron, qui se gonfle chaque jour davantage et écoule le trop-plein de la fusion des glaciers, en charriant une eau blanche comme du lait de chaux, épaisse et dense, véritable boue très claire de sable et de granit.

Bientôt le fœhn s'arrêtera; on n'entendra plus ce roulement caractéristique qu'il produit en coiffant les Aiguilles, cette sorte de ronflement semblable à celui que ferait un brûleur de chaudière sous pression. Et lorsque le vent sera tombé, alors viendra la pluie, la grande pluie du printemps qui fait sortir, drus comme du blé serré, les foins dans les bas-fonds; mais là-haut, la montagne continuera à recevoir chaque jour son poudroiement de neige fraîche. Les glaciers tout unis, bourrés jusqu'à la gueule de leurs crevasses par les chutes de tout un hiver, n'offriront plus qu'un vaste et magnifique champ de neige aux skieurs attardés.

Mais aujourd'hui le fœhn souffle, faisant ployer avec ensemble les têtes des sapins sur les flancs escarpés de la vallée. Il frôle les bêtes et les gens, les caresse de sa chaude langueur, et les laisse grisés par cette tiédeur succédant au froid sec de l'hiver.

Là-haut, à la limite de la végétation, les coqs de bruyère, les gelinottes, les perdrix blanches se glissent en piaulant sous les derniers névés, mais déjà les mâles chantent en triomphateurs dans les aubes rougeoyantes, quittent les grottes de mousse, sous les maquis de vernes, pour se percher sur les basses branches des mélèzes. Déjà les chamois remontent des fonds de la Diosaz vers les glaciers et les cimes où, sur des vires inaccessibles, ils vont mettre en sûreté leurs petits.

Déjà en bas, dans la vallée, les troupeaux sortent pesamment des étables, tout étourdis, eux aussi, de cette longue claustration hivernale. On leur a mis les grosses sonnailles, et un gai carillon s'élève de chaque clairière, de chaque prairie, mêlant les notes pures des clarines aux vibrantes envolées des clochettes de bronze et à la voix grave des bourdons de tôle brunie, assourdie et mystérieuse comme la résonance d'un coup de maillet feutré sur un gong de cuivre.

Debout au milieu de la place, Pierre se pénètre de tout ce renouveau; il lui semble que son sang coule plus chaud dans ses veines. Il dégrafe son col pour mieux respirer, fait quelques pas et entre chez Gros-Bibi.

— Pas vu les autres?

L'aubergiste n'a pas besoin d'explications. Les autres, c'est Boule, Fernand et Paul, les inséparables.

— Fernand doit être aux champs, dit-il. Paul est remonté au Tour pour labourer; ils ont terrassé la neige et creusé le chemin d'accès pour les mulets.

Paul habite au Tour, le dernier village de la vallée, à près de 1 500 mètres d'altitude. Le coin est tellement enneigé qu'il faut labourer sans attendre la fonte des neiges. On plante à l'automne de longues perches de cinq mètres pour délimiter les champs, puis, en mars, on répand de la terre et des cendres pour hâter la fusion de la neige qui atteint en moyenne deux mètres d'épaisseur; le procédé est vieux de plusieurs siècles. La neige fond rapidement aux endroits ainsi *terrassés*, alors que tout autour la montagne garde sa fourrure d'hiver. On creuse ensuite à la pelle des chemins pour faire passer d'un champ à l'autre les attelages et les charrues, et le labour commence. Un voyageur peu averti peut alors contempler avec surprise les immenses prairies enneigées au-dessus desquelles pointent, par-ci, par-là, les oreilles des mulets, dépassant à peine le haut talus qui borde le champ.

Pierre quitta Gros-Bibi et se dirigea à travers Chamonix sans but précis. Il était inquiet, remâchait les paroles du docteur et se tourmentait; il aurait bien voulu confier ses soucis à un ami. Il arpenta l'avenue de la Gare, traversa la passerelle du Montenvers, et se trouva, sans savoir comment, dans les vernays au pied de la Montagne de Blaitière.

Grossi par la fonte rapide des neiges, le torrent écumait et bondissait de quelque six cents mètres de hauteur dans la vallée.

Toujours poursuivi par cette idée fixe : le vertige, Pierre s'engagea dans un petit sentier qui montait sous une sapinière touffue bordant un grand couloir d'avalanches. La journée était lourde; il transpirait sans pour cela ralentir son allure; il avait jeté sa veste sur l'épaule et mâchonnait un brin d'herbe en remuant ses pensées. Cette idée qu'il pût être, lui, Pierre Servettaz, fils de guide, sujet au vertige, l'épouvantait. Il s'était gaussé jusque-là de ce qu'il appelait avec la cruauté de sa jeunesse « une frousse immonde », trouvant drôle, lorsque l'occasion lui en était donnée, de plaisanter les timorés qui hésitaient le long d'un à-pic, se collaient au rocher, ou bien fermaient les yeux pour ne pas voir le vide. Dans ces cas-là, il affirmait avec autorité : « De la volonté, que diable; le vertige, ça se commande! Allons! Avancez, tout ça passera. » Et voici qu'à son tour il était menacé du même mal, car le docteur le lui avait bien déclaré : c'était une infirmité contre laquelle la science s'avérait impuissante.

Et Pierre montait, montait de plus en plus vite, s'arrêtant parfois pour calmer les battements de son cœur, puis repartant d'une foulée de chien de chasse, tournant et retournant les lacets de la sapinière.

La cascade de Blaitière franchit d'un seul bond un ressaut rocheux de plus de cinquante mètres; elle est particulièrement impressionnante en période de crue, car alors les eaux s'y précipitent dans un grondement infernal, rejaillissant sur les parois de la gorge en vapeurs irisées; une brume romantique stagne dans les abrupts et caresse les racines monstrueuses des mélèzes qui se penchent sur le gouffre. On l'eût qualifiée de « sublime horreur » à l'époque des crinolines, mais, actuellement, les touristes sceptiques en ont vu d'autres et ne s'étonnent plus de rien. Seuls quelques modestes promeneurs, attirés par la proximité du site, viennent y respirer la fraîcheur et goûter, dans un petit chalet suspendu comme une cage d'oiseau, au miel de montagne et au lait frais.

Pierre se dirigeait vers le gouffre, à grands pas. Sa résolution était prise : il saurait si, oui ou non, le docteur avait raison. Mais cette décisive expérience l'effrayait, et lorsqu'il entendit mugir la cascade encore invisible, il ralentit insensiblement sa marche; le chemin était horizontal maintenant, une simple corniche étroite dans la forêt touffue. Pierre allait calmement, comme protégé par tous ces troncs argentés qui montaient droit dans l'ombre, lui cachant le ciel et la vallée. Mais bientôt il perçut sur son visage la fraîche caresse des vapeurs, accompagnée du grondement sonore des eaux en furie; alors il s'assit, et, la tête dans ses mains, réfléchit longuement. A vingt mètres de là, il le savait, la forêt cessait. D'un seul coup, le sentier bien abrité se transformait en un balcon aérien mi-suspendu dans le vide, un belvédère unique dominant l'abîme et la gorge sauvage où s'écrasait le torrent. Il n'avait plus que quelques pas à faire pour être fixé. Il s'imaginait penché sur la frêle balustrade et courbant à chaque seconde davantage son corps ployé en deux, lisant son destin dans le bouillonnement du gouffre. Qu'il résistât à l'attirance perfide du vide, à l'appel mugissant des eaux, et l'épreuve serait concluante; sinon!... sinon il se voyait pauvre loque humaine effondrée contre la montagne et crispée sur le garde-fou, les yeux fermés pour ne plus voir... Alors, sa destinée serait tracée : renoncer à jamais à la montagne, redescendre dans la vallée, et se confondre avec la masse des sédentaires, des hommes des plaines ; abandonner la vie libre et aventureuse de guide ; renoncer aux luttes vibrantes d'action, à ces corps à corps sans fin avec les parois de granit ; renoncer aux longues descentes des couloirs de glace, pas à pas dans les marches... Renoncer !

Il fit quelques pas hésitants, aperçut le trou de lumière par où s'évadait le sentier, et se colla sans forces contre la paroi. Il n'alla pas plus loin, il écouta longuement le chant du torrent, cette voix grave et ensorceleuse qui semblait lui dire : « Viens ! Mais viens donc ! As-tu peur ? » Il frissonna d'impuissance et de désespoir, voulut ignorer encore sa détresse et, comme un condamné qui réclame un sursis, se refusa à marcher plus avant. Se levant brusquement, il tourna le dos à la lumière et se rejeta dans l'ombre, puis partit en courant par le sentier désert, dévalant à toute allure les raccourcis, butant contre les troncs, glissant sur la litière feutrée des aiguilles de sapin, se raccrochant aux basses et souples branches. Il ne s'arrêta qu'en bas, dans la thébaïde moussue qui précède les prairies, et il lui sembla qu'alors il respirait mieux ; il s'assit sur un gros bloc, alluma sa pipe, et laissa vagabonder ses pensées en suivant d'un œil distrait les volutes de fumée bleue qui montaient vers le ciel.

Au-dessus de sa tête, le fœhn ronflait toujours comme un soufflet de forge parmi les Aiguilles. Son souffle chaud se rabattait dans la vallée et caressait le visage baigné de sueur de Pierre. Arrachant son foulard, il s'épongea d'un geste lent, se leva et reprit sa route, flânant sans but précis par des sentes à peine marquées ; puis, ayant pris une décision, il longea les fourrés de vernes et de biolles, traversa le grand cône de déjection du torrent du Grépon tout encombré de l'amoncellement terreux d'une avalanche, et descendit sur le village des Mouilles.

Une bonne vieille nettoyait les ciselins de tôle sous le jet violent du bachal. Pierre l'aborda :

— Bonjour, madame Lourtier... Fernand est-il là ?

— Tiens ! c'est toi Pierre... Comment vas-tu, mon pauvre petit ? et la maman ?... Faudrait bien que j'aille la voir, mais on se fait vieux. C'est-y Fernand que tu cherches ou l'Aline ? ajouta malicieusement la vieille.

Pierre rougit.

— Les deux, madame Lourtier.

— Fernand coupe des vernes au Biollay, au bord d'Arveyron, dans le lot qui nous vient du grand-père, et l'Aline est « en champ les vaches », tout à côté... Tu sais le chemin ! Va vite, mon Pierre... Adieu donc !

— Adieu donc !

Pierre hâta le pas, pénétra par une allée forestière dans le bois du Bouchet aux majestueuses frondaisons, et à l'orée du bois se trouva devant le petit pré enclos de murettes que paissait le troupeau des Lourtier. Les clarines sonnaient gaiement au cou des bêtes. Aline était assise dans l'herbe, un foulard en marmotte dans ses cheveux, une baguette de coudrier sous le bras, et tricotait un gilet de grosse laine écrue. On entendait, mêlé au tintement des sonnailles, le grondement tout proche de l'Arveyron charriant à pleins bords sa débâcle de neiges, et le ululement mélancolique du vent, là-haut, à quelque trois mille mètres au-dessus de leur tête. L'odeur des prairies naissantes se mélangeait aux effluves balsamiques du printemps sylvestre.

Fernand abattait des vernes et les chargeait sur un vieux char à échelle. La mule, dételée, broutait paisiblement du bout des dents les fleurs du pâturage ; son collier libéré descendait jusqu'à la ganache et n'était retenu que par les longues oreilles frémissantes. Fernand, lâchant son travail, vint à la rencontre de Pierre ; tous deux se dirigèrent ensuite à travers pré vers Aline ; elle les regarda venir paisiblement et ne manifesta sa joie que par un regard plus tendre de ses beaux yeux noirs, un regard qu'elle appuya franchement sur celui de Pierre.

Les deux jeunes gens se couchèrent dans l'herbe aux pieds d'Aline, et comme Pierre paraissait mélancolique, Aline l'interrogea.

— T'as l'air tout chose, Pierre! Qu'est-ce qui ne va pas? Malade? Contrarié?

— Rien...

— Si, il y a quelque chose, je le vois rien qu'à te regarder; dis-le-nous.

— Mais non, rien du tout, je t'assure! Je m'ennuyais à la maison, alors je suis venu vous trouver... Quand on est bon à rien comme moi, on trouve le temps long. Et puis, ce sacré vent m'énerve; ça me donne encore de ces maux de tête.

— C'est le vent du printemps, Pierre, ça passera, dit Fernand. Regarde, il énerve tout le monde, les bêtes ne tiennent pas en place.

Ils observèrent le petit troupeau d'une dizaine de têtes. Les vaches allaient et venaient, rasant d'un coup de langue une touffe, relevant les cornes, tournant en rond, meuglant; il y avait surtout une puissante bête toute noire, avec le dos fauve et des cornes magnifiques, qui ne tenait pas en place, grattait le sol de ses sabots, soufflait puissamment, taquinait ses compagnes du coin de la corne...

— Doucement! Lionne, doucement..., lui criait Fernand.

— C'est ta vache de combat?

— Oui, interrompit Aline. Il s'est mis dans la tête d'en faire une reine à cornes à la montée de l'alpage... Alors! voilà le résultat: plus de lait, une bête mauvaise et querelleuse, tout en nerfs...

— Mais un magnifique fauve, Aline; regarde cette encolure de taureau et ces jambes fines... Si elle tient le coup avec les vieilles reines, elle commandera cet été sur tout l'alpage de Balme.

— J'aimerais mieux qu'elle nous donne plus de lait, comme la brave Parise que voilà, dit-elle en montrant une bonne et lourde bête au pis gonflé, au ventre marqué par le relief des grosses veines mammaires.

La montagne mise à part, le grand souci de Fernand était son troupeau. Très jeune encore, il avait choisi, sélectionné les quelques vaches qui représentaient la fortune de sa famille; mais pris à son tour par cette passion spéciale aux montagnards des vallées jouxtant le canton suisse du Valais, il s'était mis en tête d'élever une « reine à cornes », une vache de combat qui grevait lourdement son budget sans rien lui rapporter. Sa sœur ne pouvait admettre ce fauve inutile dans l'étable et le lui reprochait fréquemment.

— Et toi, Pierre, reprit-elle, n'es-tu pas de mon avis? Une bouche inutile à nourrir, c'est tout ce que c'est, la Lionne.

— Vois-tu, Aline, dit-il, éludant la question dangereuse, la montagne, le chalet, le troupeau, la chasse en automne, le ski en hiver... je n'en demande pas plus...

— Drôle d'hôtelier en perspective!

— Je ne voulais pas être hôtelier, se défendit Pierre; d'ailleurs, je ne le serai jamais, à moins que...

Et la figure de Pierre s'assombrit, une expression de lassitude et de tristesse se peignit sur ses traits, mais il n'acheva pas sa phrase.

— A moins que...?

— Rien. Des paroles en l'air.

Fernand se leva.

— Je vous laisse, les amoureux... Je rentre le char à la maison. Toi, Pierre, je te retrouverai chez Breton... on fera les quatre heures autour d'une fondue.

L'attelage disparu, Pierre et Aline, restés seuls dans la clairière, se rapprochèrent l'un de l'autre. Couché dans l'herbe aux pieds d'Aline, Pierre mâchonnait un brin d'herbe, les yeux tournés vers les nuages, sa main jouant avec les doigts de sa fiancée. Il ne dit rien tout d'abord, ne fit pas un mouvement; puis comme il avait le cœur lourd de peine, il se releva à moitié, appuya sa tête sur les genoux d'Aline et resta là, sans bouger, à songer. Les nuages fuyaient en tempête au-dessus de leurs têtes, et parfois des rafales éveillaient le grand murmure des feuilles dans les arbres; cela couvrait presque le bruit du torrent et les sonnailles des vaches; puis tout redevenait calme. Pierre éprouva tout à coup le besoin de parler :

— La neige fond; regarde! Aline, les rochers sont aussi secs qu'en été; on pourra commencer tôt cette année.

— Toujours ta montagne, grand fou! Pense un peu à autre chose.

Elle se pencha vers lui et il respira son souffle pur; un grand émoi les envahit, Aline laissait jouer ses doigts dans la chevelure brune et emmêlée; lui se laissait faire comme un enfant. Cette main de femme qui caressait doucement son front apaisait le tumulte de son esprit, chassait ses idées tourbillonnantes... Il avait presque oublié le docteur et son fâcheux avertissement. Il y repensa soudain, et son visage devint dur comme un marbre antique bronzé par les soleils d'innombrables étés.

Aline s'inquiéta :

— Dis-moi! qu'as-tu? Tu es tout drôle... Dis-moi tes peines, mon Pierre. (Elle ajouta tout bas :) Je t'aime Pierrot, tu le sais bien!

Dans la coupe de ses mains, elle tenait maintenant son visage renversé et le regardait tendrement... Lui, avait un regard de chien battu...

— Qu'est-ce qui te tracasse, ne veux-tu pas le dire?

— Si... mais plus tard... ne me pose pas de questions, Aline, moi aussi je t'aime... je t'aime bien...

— Grand fou!... Toujours la montagne...

— M'empêcherais-tu d'y aller, toi?

— Hélas! non, Pierrot, mais j'en aurais bien de la peine et du tourment.

Elle se reprit à caresser doucement la chevelure ébouriffée.

— Promets-moi que tu n'iras là-haut qu'en amateur. Tu pourrais vivre... (elle se reprit en souriant), nous pourrions vivre très bien avec le rapport de la pension de famille et les troupeaux. Alors? Pourquoi rentrer guide? Quand tu voudras faire de la montagne, tu partiras en amateur avec Fernand et les autres, mais jamais avec un client... C'est là qu'est le danger... Ne pas savoir avec qui on part, risquer d'être entraîné par un inconnu... Et puis, si tu veux bien, j'irai quelquefois avec toi... Moi aussi, j'aime les courses; toute petite, quand Fernand m'emmenait avec lui dans les alpages, j'avais toujours envie de pénétrer dans les glaciers, de découvrir ce monde qui nous prenait tous nos hommes et ne les rendait pas toujours. Tu vois qu'on pourra être heureux!... (Et elle ajouta très bas, comme honteuse d'employer ce mot qu'elle avait lu dans les romans et qui lui semblait réservé aux amours bourgeoises :) Chéri!...

Leurs visages se touchaient presque; il n'eut qu'à relever un peu la tête pour l'embrasser tendrement. Ils désunirent leurs lèvres, mais restèrent front contre front, emmêlant leurs boucles. Pierre maintenant parlait tout bas, comme s'il confiait un secret :

— Tu es une brave petite fille, Aline, je te connais depuis toujours et il me semble que je ne pourrais pas vivre sans toi.

— Sans moi et sans la montagne.

Il ne répondit rien.

— Je n'en suis pas jalouse, tu sais.

— C'est dans le sang, Aline; faut pas m'en vouloir. Regarde! Mon père a tout fait pour m'éloigner des courses; je pourrais, si je le voulais, mener une vie plus agréable. L'oncle Paul nous aiderait à bâtir plus grand; je me sens parfaitement capable de mener une importante affaire d'hôtellerie, et tout ça ne me dit rien, rien de rien; je n'aime que ça (et il montra les cimes dentelées)... et tout ça! (Et d'un geste il embrassa la clairière : les arbres, la forêt, le torrent, les troupeaux, puis il se reprit et éclata de rire.) Et ça aussi! dit-il en enlaçant plus fougueusement Aline.

— Arrête! On pourrait nous voir.

— Ne sommes-nous pas fiancés?

— C'est vrai, mais soyons sages; il est temps de rentrer... Aide-moi à rassembler le troupeau.

Ils revinrent à pas lents par le sous-bois feutré; le troupeau carillonnant les précédait, et cette sonnaille très claire emplissait d'un coup toute la vallée. Dans le lointain, le gros bourdon de l'église sonna l'Angélus, et sa voix grave s'imposa, couverte soudain par une rafale de vent qui fit siffler, gémir et ployer les têtes fines des sapins.

2

Tout dort au Moëntieu des Moussoux. Il peut être deux heures du matin, peut-être trois... Tout dort?... Non, car dans sa chambre Pierre tourmenté, torturé, obsédé par cette sotte idée qui s'incruste dans son pauvre crâne déjà malade, se tourne et se retourne, cherchant en vain le repos dans le sommeil.

Et comme il n'a personne à qui se confier, il s'assied sur son lit et, face à la nuit, se parle à lui-même. C'est un étrange monologue, ponctué de hochements de tête, traversé de lueurs d'espoir, puis tout à coup découragé et sans réaction.

« Bougre d'idiot! se dit-il, tu te fais des idées fausses... Le docteur n'y connaît rien. » Mais le doute le reprend : « Alors, pourquoi as-tu hésité l'autre jour? C'était très simple de savoir... Il faut recommencer... Il faut savoir... Se pencher une fois pour de bon sur un bel abîme qui n'en finit plus... alors on est fixé! » La sagesse le fait encore hésiter. « Et si tu tombais?... Si tu tombes, eh bien, tant mieux... Préférerais-tu traîner lamentablement tes grolles dans la vallée... assister au départ des copains pour les courses, puis aller les attendre comme des curiosités au coin de la place?... Bon sang, non!... tu sauras... »

D'un mouvement brusque, Pierre rejette les draps, il se lève, fait de la lumière, s'habille rapidement et en silence. Il se dirige vers l'escalier, ses chaussures cloutées à la main. La porte neuve grince légèrement; il tressaille : « Si la maman se réveillait!... » Il a l'impression de fuir honteusement.

Marche à marche, s'arrêtant souvent pour écouter, il descend l'escalier. Le voici dans la cuisine, obscure, pleine de senteurs et de relents. Dans le poêle quelques tisons rougis achèvent de se consumer, et leur faible brasillement se reflète sur la plaque de fonte.

Pierre ouvre la porte; la nuit est glaciale; dans le ciel, quelques étoiles brillent faiblement. « Belle nuit! songe-t-il, belle nuit pour tenter son destin. »

Il revient dans la cuisine et, sur la lampe à alcool, se fait réchauffer du café bien fort. Il mange, en se forçant un peu, du pain et de la tomme; ça descend mal. Du garde-manger, il sort un morceau de salé froid, un fromage, des œufs. Il remplit sa gourde de café et enfourne le tout dans son sac, machinalement et sans ordre. Puis il décroche son piolet, le pose à côté de sa chaise, et chausse lentement ses brodequins. Tout à coup, il sursaute. Il lui a semblé que le parquet craquait au-dessus de lui. Mais non! Ce sont tout simplement les bruits indistincts de la nuit : c'est comme si le chalet neuf se reposait de ses fatigues et, las de supporter sa toiture, faisait craquer en se jouant les assemblages de ses poutres.

Pierre sort furtivement comme un voleur. Dans la nuit noire, il marche comme un automate et ses pieds butent contre les cailloux du gire. Où va-t-il? Il n'en sait rien : droit en haut, ce qui est sûr!

La Roumna Blanche a conservé un peu de lumière

dans ses éboulis ; on dirait une écharpe très pâle tirée sur la cape de velours sombre de la montagne.

Peu à peu, les yeux de Pierre s'habituent à l'obscurité ; il discerne maintenant la silhouette très sombre des monts sur le ciel de jais. Il monte familièrement, la tête haute, aspirant la fraîcheur de la nuit ; le voici dans la grande forêt et c'est comme s'il pénétrait dans un gouffre plus noir encore. Le sentier s'élève rapidement, bordé de très hauts épicéas. D'un côté, l'on devine le vide qui fuit ; de l'autre, c'est le talus quasi vertical où s'accrochent les troncs effilés aux branches tourmentées.

Pierre a oublié sa lanterne. Qu'importe ! Il se laisse guider par son instinct et marche du bout des pieds, tâtant le sol avec volupté, tous ses sens en éveil. Par moments même, il ferme les yeux pour mieux sentir la montagne. D'autres fois, il lève son regard jusqu'au sommet de la tranchée plus claire, tracée dans les arbres et qui jalonne la trouée du chemin ; une étoile solitaire brille d'un éclat très froid, plus froid que la nuit, et Pierre guide sa marche sur cette étoile. Parfois il bute contre un obstacle, parfois aussi il sent son pied qui se dérobe ; alors il se rejette instinctivement du côté de la montagne. Il vit une nuit irréelle et se grise du vent de l'espace. Une masse plus claire dans une clairière rompt la monotonie des ombres : c'est la buvette des Chablettes. La masure est déserte ; Pierre s'assied sur le seuil de la porte close et frissonne un grand coup ; du sac, il sort machinalement sa gourde de café et boit une lampée. En bas, les mille feux de Chamonix scintillent dans le gouffre. Un grondement fait vibrer l'air ; c'est un sérac du glacier des Bossons qui craque et le ululement d'un grand-duc lui répond lamentablement.

Pierre reprend sa marche ; d'une basse branche, un lourd oiseau s'envole dans un remous d'air : une gelinotte sans doute.

Il monte et reprend confiance en lui-même, cette ascension nocturne l'enchante, l'émeut et il se pénètre avec délices de cette nature sauvage qu'il aime tant. Mais voici que le rideau de nuit de la forêt se déchire brutalement comme le sentier aborde la grande coulée livide. La falaise du Brévent très haut sur sa tête borne l'horizon comme un infranchissable mur de prison. Le sentier s'élève maintenant en lacets de plus en plus rapprochés, coupé parfois de culots d'avalanches. Le pied glisse sur la couche terreuse qui masque la glace, mais Pierre a retrouvé son aplomb et marche sans hésitation, le piolet bien affermi dans sa main; il est environné de nuit, mais les teintes du ciel sont déjà plus pâles comme un lavis à l'encre de Chine qu'on délaierait peu à peu. Il débouche sur le plateau de Planpraz, bien au-dessus de la limite des forêts. Le vent souffle de l'est par petites rafales; une vague lueur annonce le lever du jour. Il ouvre tout grand sa bouche au souffle frais qui le pénètre délicieusement.

La Chavanne est déserte. Il se repose, car il est trop tôt encore pour repartir; dans une heure, il aura atteint le pied de la haute muraille qui s'élève de quatre cents mètres, lisse comme un panneau de marbre poli.

Des exhalaisons de lait caillé, de foin fermenté s'échappent de la Chavanne et sont balayées par la brise.

Sous ses pieds, s'ouvrait le trou sombre de la vallée profonde de mille mètres et, en face de lui, la chaîne du Mont-Blanc, qui s'exhaussait à mesure qu'il montait, a repris sa véritable dimension; la coupole supérieure repose comme la voûte d'une cathédrale byzantine sur l'architecture compliquée des Aiguilles, amenuisées par la distance. C'est une forêt de pierres où pilastres, tours, campaniles, lanternes s'enchevêtrent et se hérissent, émaillés de névés glauques.

Les glaciers des Bossons et de Taconnaz, écaillés de crevasses transversales, s'allongent et s'étirent paresseusement comme de gigantesques sauriens.

Le froid augmente; Pierre claque légèrement des dents, mais il ne peut se lasser d'admirer encore une fois ce lever du jour. C'est comme si d'un coup tout devenait plus clair, plus frais, plus pur. Une toute petite tache rose s'est posée sur la cime sans qu'on sache d'où venait la lumière : sans doute des lointains de l'est, maintenant phosphorescents, et en même temps que le jour naissait, l'air s'est fait plus léger. Pierre voudrait chanter. Mais non ! C'est tout son être qui chante mystérieusement le renouveau de la vie. Il se lève, assure son sac sur l'épaule, et, repartant dans la fraîcheur, atteint la combe du Brévent encore dans l'ombre, où les gros blocs du clapier dessinent des formes étranges et familières. Le jeune montagnard marche fébrilement maintenant, il se faufile avec le sentier complice sous un petit campanile déchiqueté, puis l'abandonne pour une piste à peine marquée qui rejoint la base de la grande paroi du Brévent.

La face du Brévent est une ascension courte, facile pour un grimpeur de classe, mais vertigineuse au possible ; on y conduit généralement les débutants ou encore les alpinistes qu'un guide veut « essayer » avant une course importante ; le rocher est très délité et nécessite de grandes précautions.

Cette paroi, Pierre l'a gravie bien des fois, et, s'il y retourne, c'est justement parce qu'il sait fort bien qu'il ne pourra trouver meilleure pierre d'essai : un homme sujet au vertige ne franchit pas la vire du haut de la paroi. Et Pierre se reprend à douter, craint l'échec qu'il pressent, perd sa confiance... Sa démarche se fait plus hésitante. Il faut, pour aborder les rochers, traverser un petit couloir herbeux très raide ; les gazons mouillés de rosée sont très glissants. En temps normal, Pierre aurait sauté en se jouant d'une pierre à l'autre. Pourquoi, aujourd'hui, n'avance-t-il qu'avec précaution, plantant la pique de son piolet dans la terre pour assurer sa marche, s'inclinant exagérément du côté de la montagne, au lieu de poser son pied bien franchement et d'aplomb ?

Quelqu'un qui le verrait de loin s'inquiéterait : « Voilà un débutant qui n'a pas le pied sûr ! » songerait-il.

Une gêne insurmontable l'envahit; son regard se détourne de l'à-pic qui fuit; il bute, fait un faux pas et se raccroche nerveusement à son piolet. Crispé sur le manche de frêne, il s'arrête, le front moite de sueur; la peur, une peur atroce s'empare de lui.

Il continue cependant et prend pied avec soulagement sur les éboulis du bas de la cheminée; le pierrier croule sous ses pas et des coulées de gravats s'enfournent dans les gueules ouvertes du couloir. Il atteint péniblement la base de la muraille. Ce n'est plus maintenant qu'un mur interminable, tout baigné de soleil.

L'immense falaise est séparée en deux par une déchirure de la montagne, gorge profonde et sinistre, toute coupée de ressauts, encombrée de pierres branlantes et toute suintante d'humidité, car le soleil n'y donne jamais.

Pierre s'y engage. Une lourdeur inaccoutumée pèse sur ses membres et ses doigts caressent avec précaution le rocher avant de s'y agripper. Il secoue cette torpeur et, se décidant brusquement, passe à l'attaque.

Voici le premier surplomb, dressé comme une échauguette au début de la gorge. Pierre le franchit aisément; au contact du schiste froid, il a retrouvé sa vigueur et monte en style, le dos au vide, le regard rivé sur le rocher. Il lui semble que cette ombre qui l'enveloppe le protège des maléfices et que dans ce couloir étroit il fasse mieux corps avec la montagne; rapidement il s'élève dans le couloir qui se creuse davantage et à chaque ressaut présente une difficulté nouvelle, qu'il surmonte avec aisance. Il reprend confiance, sans toutefois oser déjà se retourner vers le vide; ses mains tâtent les prises instables et, parfois, avant de continuer son escalade, il est obligé de desceller un bloc branlant qui tombe dans la gorge et se fracasse le long des parois en répandant une odeur de poudre brûlée. Il gagne ainsi plus de deux cents mètres en altitude, jusqu'à ce que la gorge vienne buter contre la muraille. Le voici dans un cul-de-sac; seule une fissure impossible, terminée par un surplomb infranchissable, le sépare de la crête sommitale, sur laquelle se penche et fléchit une lourde corniche de neige.

Il lui faut maintenant gagner la grande vire et traverser dans toute sa largeur la paroi pour rejoindre l'arête centrale. La sortie de la cheminée est facile mais hasardeuse, les prises sont larges mais instables, de petites corniches servent pour placer les mains et les pieds. Redoublant de précautions, Pierre s'y engage, s'efforçant à ne plus penser au vide qui se creuse déjà très profondément sous lui. Un léger rétablissement l'amène sur une belle terrasse ensoleillée, dominant toute la grande paroi. Une pierre qu'on lâcherait d'ici ferait cinq cents mètres sans toucher le sol ; c'est le triomphe de la verticalité. A une échelle plus réduite, cet à-pic peut se comparer à certaines parois dolomitiques où le grimpeur joue entre ciel et terre.

La terrasse est une sorte de havre paisible à mi-hauteur de la muraille ; le vide l'entoure de partout : en haut, en bas, à droite, à gauche et, sur la crête, la corniche inclinée semble guetter curieusement le grimpeur.

Pierre regarde machinalement et sans le voir le magnifique panorama de cimes et de glaciers dont il n'est séparé que par ce gouffre bleuté où gronde le torrent ; son esprit est inquiet, son âme oppressée, et il tient ses yeux fixés sur la fissure minuscule qui lui permettra de s'échapper de cette aventure aérienne et d'atteindre le sommet. C'est le seul mauvais pas de l'ascension. Il est court : une dizaine de mètres à peine.

La terrasse se casse brutalement sur le vide. Il faut, pour atteindre la fissure, franchir un pas très long juste au-dessus de l'à-pic vertigineux, et se lancer presque pour atteindre les petites prises qui permettront de s'y coincer. La fissure taillée au rasoir s'ouvre directement dans la paroi et surplombe la grande muraille verticale. Combien de débutants ont hésité à ce passage ! Pierre le sait, et voici qu'il s'avance en tremblant : son destin va se jouer. Il essaie de se pencher pour atteindre l'autre bord de ce puits sans fond ; mais il se sent peu à peu attiré violemment par tous ces abîmes. D'ici, le regard plonge directement sur les éboulis de la Roumna Blanche qui fuient dans une perspective effrayante vers la vallée. Il lui semble que, s'il venait à tomber, son corps roulerait sans s'arrêter de mille cinq cents mètres de hauteur jusqu'aux premières prairies, là-bas, sous la forêt.

Et au cœur de ces prairies il reconnaît le Moëntieu des Moussoux. On dirait un petit chalet pour bergerie d'enfant ; son toit brille au soleil, une mince fumée bleue s'échappe de la cheminée. Déjà, songe-t-il, la Marie a dû s'apercevoir de son absence. Sans doute rôde-t-elle, inquiète, alentour, cherchant son enfant.

Et lui est là, hésitant, prêt à fuir une seconde fois. Il se raisonne tout haut : « Qu'est-ce que tu attends ? Tu l'as fait vingt fois ce passage ! Une simple enjambée, tu te penches en avant, tu t'accroches à la prise du haut, et ça y est ! Tu pourrais faire cela les yeux fermés ! Allons ! Vas-y. »

Il se penche, fléchit les genoux, va prendre son élan, mais au dernier moment, tout son être hésite ; c'est comme si une force occulte le retenait sur cette terrasse. Il tend les bras, impuissant à se décider à basculer en avant ; au contraire ! Le cœur lui monte aux lèvres et, plein de répulsion, il se rejette sur la vire. Couché à plat ventre sur les pierres chaudes, il sanglote maintenant comme un gosse. Un désespoir immense l'accable. Ainsi c'est vrai ! Il n'est plus qu'une loque, une pauvre chiffe incapable de commander à ses nerfs et à sa volonté. Il crie sa rage aux corneilles qui planent à sa hauteur et le narguent ; mais sa voix est emportée par le vent.

A cet accès de désespoir succède une torpeur sans nom. Adossé à la montagne, il laisse errer son regard indéfiniment triste sur le paysage, identifiant tous les passages : le Mont-Blanc, où il faisait si hardiment sa trace l'automne passé; le Dru accolé à l'Aiguille Verte, et ridiculement bas vu d'ici; le Grépon tout crénelé comme un château fort où, dédaignant la voie normale, il bondissait d'une vire à l'autre, franchissant d'un saut les brèches atrocement vertigineuses. C'était autre chose que cette malheureuse enjambée au-dessus du vide.

« Accroche-toi! Accroche-toi! murmure une voix intérieure. Il faut combattre, Pierre; il faut lutter; allons! saute! »

Sans savoir le pourquoi de ses gestes, il déroule sa corde et s'attache comme s'il avait derrière lui une caravane; ceux qui le verraient ainsi le prendraient pour un fou. Il l'est peut-être, d'ailleurs! Ne parle-t-il pas tout haut comme s'il s'adressait à un voyageur et voulait se donner une fois encore l'illusion d'être premier de cordée? Quel étrange dialogue!

« Restez là, monsieur, dit-il, surveillez simplement ma corde pour qu'elle ne s'embrouille pas; ce n'est rien, un tout petit passage... Le vide? une rigolade, le vide!... une simple enjambée d'un mètre; vous faites bien une enjambée d'un mètre en temps normal, alors il n'y a qu'à vous imaginer que vous êtes sur le trottoir, c'est exactement pareil. D'ailleurs, vous allez voir, j'y vais! Assurez! Là, très bien, et maintenant, regardez... »

Il se grise de ses propres paroles, rit nerveusement; il s'approche lentement du vide, bras tremblants et genoux fléchissants; et comme il sent qu'il va encore une fois renoncer, il se remet à parler tout haut comme s'il encourageait un client imaginaire.

« Regardez, monsieur, je me penche, et hop!... »

Fermant les yeux, il s'est au hasard basculé dans le vide; ses mains heurtent la paroi d'en face et le voici suspendu, les reins arc-boutés, véritable arche humaine au-dessus du néant. Il n'ose plus rouvrir les yeux, tant il a peur de se trouver face à face avec l'absolu... Il tâtonne, cherchant cette prise, qu'il connaissait bien pourtant, et qui fuit sous ses doigts. Ses ongles grattent la roche sans rien trouver; sous l'effort, ses pieds dérapent. Quel soulagement lorsque sa main gauche rencontre une faible prise! Il y crispe le bout de ses doigts; ses pieds abandonnent leur point d'appui, son corps pendule et vient se plaquer sur le rocher. Il est maintenant suspendu d'une seule main sur l'abîme. Il ouvre les yeux et aperçoit une prise énorme pour la main droite : le salut! Elle est trop distante encore; il faudrait, pour qu'il puisse l'empoigner, prendre appui des pieds; ce ne sont pas les prises qui doivent manquer sous lui. Il le sait, comme il sait également que s'il tourne par malheur son regard vers le bas, il lâchera dans un éblouissement de tout son être. Alors rassemblant ses forces, il colle son corps à la plaque comme le ferait un débutant, gratte la roche sans trouver d'appui; la fatigue l'envahit, son bras gauche se distend, ses phalanges cèdent et le voici qui crie de peur, se défend contre une étreinte invisible, sent qu'il va lâcher.

Non! La main droite a palpé une prise dissimulée dans un recoin de la fissure; dans un dernier réflexe, il se détend, se rétablit et d'un bond incroyable se jette dans la fissure. Oh! le doux contact de la roche qui l'enserre et le retient. C'est comme lorsque, tout enfant, il se réfugiait peureusement contre le sein de sa mère. Il est sauvé? Pas encore!

Il reste ainsi de longues minutes coincé dans sa fissure, les yeux clos, la tête appuyée sur la roche. Mais la fatigue le reprend; alors, toujours sans ouvrir les yeux, il tâtonne, trouve des prises de plus en plus nombreuses, ramone et se hisse ainsi jusqu'à une petite grotte. Il peut enfin librement s'étendre. Un rebord schisteux lui masque le vide; des gazons très raides le séparent maintenant du sommet. Il se sent plus fort, malgré cette corniche menaçante qu'il lui faudra franchir. Le sortilège qui l'envoûtait a disparu. Il respire mieux.

Il abandonne à regret la sécurité de la grotte, plie sa corde qui traîne derrière lui et continue son escalade.

Des primevères, des gentianes, des lichens fleurissent sur le glacis verdoyant qui borde le précipice.

Encore, toujours le vide!... Il n'en peut plus; sa tête tourne, tourne comme le paysage environnant. Il rampe à quatre pattes, s'aidant du piolet piqué dans le gazon glissant; il songe au ridicule de sa position, à ce que penseraient de lui ses camarades s'ils le voyaient ainsi ramper comme une larve. Mais au-dedans de lui, il s'en moque, il n'a plus d'amour-propre, il a abdiqué toute fierté et ne songe plus qu'à fuir, fuir cet à-pic qui l'obsède! Fuir cette montagne à laquelle il n'est plus destiné! Fuir les précipices de la grande muraille, atteindre le versant nord et ses champs de neige dure! Le voici à quatre pattes sous la corniche, comme un chien qui cherche à ouvrir une porte; il pourrait l'escalader directement en se dressant au-dessus du vide et en enfonçant profondément le manche de son piolet pour se hisser dessus, mais il n'ose pas faire ce geste vainqueur. Alors il creuse la neige comme une taupe, déblayant à petits coups de piolet un étroit tunnel translucide par lequel il se glisse en rampant. Enfin, il émerge sur l'autre versant; enfin, ses yeux se reposent sur quelque chose de moins raide, de moins vertical, de moins absolu. La montagne lui paraît tout à coup plus hospitalière; les prairies enneigées de Carlaveyron accusent des douceurs de contour qui l'enchantent. Il se dresse comme un fou dans la neige et part droit devant lui, en glissade debout!

Dans un creux d'ombre, la neige durcie le surprend; il perd l'équilibre, tombe et glisse sur le névé, filant comme un bolide dans une cuvette parsemée de rochers; sa glissade se termine contre un gros bloc qu'il vient heurter durement. Sous le choc, il perd connaissance.

Quand il reprend ses sens, le soleil est très bas sur l'horizon. Des vapeurs montent de la plaine de Sallanches, flottent au-dessus du Désert de Platé, prennent d'assaut les gorges de la Diosaz.

Le soleil couchant dessine une gloire à travers la brèche des Aravis, et du côté de Chamonix c'est déjà comme un grand trou d'ombre d'un bleu d'acier dans lequel plongent les coulées livides des glaciers.

Il se relève péniblement, comme s'il sortait d'un long engourdissement, se frotte le visage avec de la neige qui glace, durcit et rougit ses mains. Il s'aperçoit alors qu'il a saigné abondamment d'une coupure du cuir chevelu. Il reprend sa marche à pas lents, cherchant, d'un névé à l'autre, les traces du sentier muletier ; il évite par un long détour la cheminée du Brévent, toute garnie de rampes de fer par où passent les touristes. Il évite tout ce qui est pentu, vertical, et voudrait déjà être en bas dans les grasses prairies horizontales ; il se réjouit de la nuit qui vient et lui masque les grandes profondeurs.

Lorsqu'il atteint Planpraz, la nuit qui monte des vallées le rejoint et l'enveloppe ; il continue sa route avec précaution, dédaignant les raccourcis du lacet, se guidant à la lueur imprécise du ciel par-dessus les grands arbres de la forêt. Enfin, il foule avec délices le gazon doux et élastique des prairies.

Une petite lumière veille au Moëntieu des Moussoux.

Pierre se dirige vers elle avec hésitation ; puis il pense qu'il ne peut se présenter ainsi, souillé, déchiré et sanglant devant sa mère qui sans aucun doute l'attend. Il s'arrête devant le bachal, se lave à grande eau, remet son chapeau pour masquer la plaie du cuir chevelu, et enfin, sur une dernière inspection de sa personne, se jugeant présentable, il pousse la porte du chalet.

Marie Servettaz l'attend en effet, immobile au coin de la cheminée, un tricot posé sur ses genoux ; elle soupire de soulagement en le voyant.

— Pierre ! C'est toi !... D'où viens-tu à cette heure ?

Sans répondre, l'œil mauvais, il enfonce son chapeau plus profondément sur sa tête, accroche son sac et son piolet au râtelier et fait mine de monter dans sa chambre.

— La soupe est toute chaude, Pierre, dit doucement

la Marie. (Puis avec une pointe de reproche dans l'accent :) Pourquoi ne pas m'avertir quand tu pars ? On a été en peine de toi toute la journée !

— Suis-je donc un gamin ? dit-il méchamment.

La Marie ne répond pas, sert la soupe, et se retire en soupirant dans sa chambre.

Pierre s'attable et mange lentement, le regard fixe, puis il se sert une grande rasade de vin, se lève et monte pesamment les escaliers qui mènent aux étages.

3

L'oncle Paul flâne dans la rue Joseph-Vallot, les pouces au gilet, le canotier de paille relevé d'une chiquenaude sur son crâne chauve et toujours en sueur. C'est un indice de la belle saison, ce canotier. C'est devenu proverbial :

« Paul a troqué la casquette pour le canotier. L'été ne tardera plus », disent les bonnes gens de Chamonix.

Ce soir-là, contrairement à l'habitude, l'oncle Paul est taciturne. Il tire en marchant de brèves bouffées de sa courte pipe, et paraît préoccupé. Il dépasse le café National, sans y entrer, poursuit sa route, et le voici maintenant au fond du bourg, presque dans la banlieue. C'est l'heure où se termine le travail sur les chantiers, dans les champs, dans les bureaux, et la rue est plus animée que de coutume. Les gens viennent aux provisions, aux nouvelles. Les cafés se remplissent. Et tout ce monde salue Paul Dechosalet avec une déférente cordialité, comme il sied lorsqu'on rencontre un personnage important.

— Bonsoir, monsieur Paul... V'là le beau temps ! les demandes doivent rappliquer à l'hôtel ?

— Encore rien! Mauvaise saison en perspective..., ronchonne l'oncle Paul.

On rit sous cape à ce propos, car chacun sait qu'il a toujours tendance à trouver que tout va mal... et pourtant son hôtel se remplit automatiquement chaque été. En vieux paysan matois, il préfère ne pas afficher ses richesses. On ne sait jamais!

Paul Dechosalet va et vient dans la rue, comme s'il attendait quelqu'un. De tous côtés, les jeunes filles des environs arrivent à bicyclette, portant sur le dos la brande de fer-blanc pleine de lait. Comme chaque soir, elles portent à la laiterie principale le contenu de la traite. Voici justement Aline qui descend de bicyclette, s'arrête, les mains serrées sur le guidon, et salue aimablement. L'oncle Paul fait quelques pas vers elle.

— Je t'attendais, Aline. Va vider ton lait et reviens me trouver, nous bavarderons!

De quelles choses veut-il l'entretenir? Elle se le demande et se dépêche de faire peser son lait, puis ressort rapidement et, poussant d'une main sa bicyclette, rattrape l'oncle Paul qui a continué son chemin. Ils font ainsi quelques pas sans rien dire, puis l'oncle Paul, ayant mûri ses paroles, entre dans le vif du sujet :

— C'est à cause de Pierre, Aline! Je me fais du souci à son sujet. Tu dois bien avoir pensé, ma petite, qu'il a terriblement changé depuis quelque temps. Ma sœur m'en a causé : il paraît qu'il ne desserre pas les dents à la maison, rentre juste pour dîner, mange en silence et mal, puis repart sans mot dire. Trois jours sur six il rentre gris, et ceci est beaucoup plus grave : lui qui ne buvait jamais fréquente tous les bistrots de la ville, et les plus mal famés! On dirait qu'il évite ses anciens camarades : Fernand, Boule, tous de braves gars pourtant, et qu'il aimait comme des frères. Un vrai sauvage, quoi!... Je me demande ce qui a bien pu lui passer par la tête. Et avec toi, Aline, comment est-il?

Aline penche douloureusement la tête et confesse avec peine ses sentiments.

— Son attitude est incompréhensible, monsieur Paul ; il est avec moi comme avec tout le monde : brutal et pénible. Il m'envoie promener brusquement sans aucun motif, puis, la minute d'après, il me demande pardon avec des yeux de chien battu ; après ces algarades, il s'en va tout seul dans les champs. On l'a vu rester des heures entières, couché sur le dos, à contempler les nuages. S'il n'y avait que ça !... Mais vous avez raison, il s'est mis à la boisson. Il va de café en café, presque toujours tout seul, il s'assied et reste là à songer devant son verre comme s'il ruminait des idées noires. Il me fait peur !... Je me demande comment je pourrais faire pour le tirer de là. Fernand, Boule, Paul ont bien cherché à le ramener vers eux, mais il trouve toujours un prétexte pour les éviter. Pour moi, c'est sa chute au Dru qui est cause de tout cela ! Il doit lui en rester quelque chose là...

Et Aline pointe son index sur son front.

— Pourtant, reprend l'oncle Paul, pendant les six premiers mois de sa convalescence il était normal ; sa mère m'a dit que ça datait d'un jour, il y a un mois environ, où il disparut toute une journée et revint sans dire où il avait été ! En montagne sans doute, car ses souliers étaient tout détrempés comme quelqu'un qui a marché longtemps dans la neige, et puis, en rangeant ses habits, ma sœur a vu qu'ils étaient tachés de sang autour du col. Elle a voulu l'interroger, il s'est mis dans une colère terrible ; elle y a renoncé. Il avait les yeux injectés : « Parle jamais de cette journée, maman », a-t-il dit. Elle n'a pas voulu le buter et n'a pas insisté.

— Je savais, monsieur Paul, et j'ai cherché moi aussi à deviner... Tout ce qu'il a pu me dire, c'est ces mots, un soir où il était particulièrement désemparé : « ... Une loque ! t'entends, Aline, je suis une loque !... Ne t'inquiète plus. Je ne suis pas près d'y remettre les pieds dans ces garces de montagnes ! » Et ça m'a paru tellement bizarre, venant de lui qui voulait à toute force reprendre les courses...

— Écoute! Aline, il faut absolument faire quelque chose pour lui et je crois que tu es la seule personne qui puisse le ramener à de meilleurs sentiments. L'empêcher de boire, c'est bien. Mais Pierre n'est pas un alcoolique; il boit parce qu'il a un chagrin quelconque... Faut trouver la cause de ce chagrin... J'ai pensé un moment qu'il avait pu y avoir quelque chose entre vous...

— Oh... monsieur Paul, s'indigna Aline.

— Je vois que je me suis trompé. Je préfère cela.

Ce que n'ajouta pas l'oncle Paul, c'est qu'on voyait fréquemment Pierre en mauvaise compagnie dans un bouge en dehors de la ville, et qu'il passait volontiers ses nuits chez les filles. Et tout ça ne lui ressemblait pas du tout, vrai, c'était un autre Pierre qui se révélait maintenant...

— Il faut enrayer le désastre, reprend-il, et je ne vois qu'une chose : tu vas t'y employer à fond, sans trop le sermonner — car il n'est pas un garçon à recevoir des conseils —, mais en l'aimant davantage encore, en l'entourant de ton affection, en cherchant à le distraire... Et puis il faudrait que les autres s'en mêlent. Dis à Fernand et à Boule de faire tout ce qu'ils peuvent pour le reprendre dans leur bande. Au besoin en allant un peu au café avec lui, au début, pour l'apprivoiser... peut-être en allant faire quelques balades — pas de grosses courses, bien sûr! mais tu sais, une bonne « taque » mangée dans un chalet avec les copains, il n'y a rien de tel pour vous remettre des idées plus gaies en tête! Alors! c'est dit, tu veux bien m'aider?

— Bien sûr, monsieur Paul, je vous suis reconnaissante de vous intéresser comme ça à Pierre. C'est un bon garçon, vous savez! Ou bien il est malade, ou bien il nous cache quelque chose... Alors, on va tâcher de savoir! Merci, monsieur Paul!...

— Tu peux m'appeler oncle Paul, Aline, car je compte bien que, dès que tout sera tassé, vous allez vous marier en vitesse... et que je serai témoin à votre mariage... Allez! ma nièce... sauve-toi! Tu vas rentrer avec la nuit.

34

Aline saute légèrement en selle, un pied sur la pédale, sa brande vide dans le dos.

— Merci, oncle Paul!... Je vous aime bien, moi aussi.

Puis elle s'enfuit. Un sourire très doux se marque sur ses lèvres et l'espoir est revenu en elle, car rien n'est plus doux pour une jeune fille que de conspirer pour le bien de celui qu'elle aime.

L'oncle Paul, rabaissant son canotier, essuie ses moustaches, sort un cigare, l'allume avec son briquet et remonte à pas lents jusque sur la place.

4

Paul Mouny est descendu du village du Tour de bon matin, à motocyclette, et tout de suite il s'est mis à la recherche de Boule et de Fernand Lourtier. Fernand coupe son bois derrière la maison, et, au fur et à mesure, empile les bûches sous la galerie, en tas bien symétriques, fleurant la poix et la résine. En apercevant Paul, il lâche le chevalet et la scie pour s'enquérir jovialement :

— Tu viens me donner un coup de main, Paul? Justement, j'ai encore deux ou trois mètres cubes à débiter.

— Laisse tout ça, et va te changer!... commande Paul. Georges à la Clarisse arrive aujourd'hui de Genève. On va l'attendre et fêter son retour!

— On va chercher Boule?

— Bien sûr. Et puis... faudrait également prévenir Pierre.

— Savoir s'il viendra... C'est un véritable ours en ce moment.

— Raison de plus pour qu'il vienne; il peut pas refuser ça à Georges!

— C'est une idée; file au Moëntieu, moi je cours chez Boule.

Paul escalade bravement avec sa moto le chemin pierreux et cahoteux des Moussoux; il monte le plus haut possible, jusqu'à la croix de bois érigée au cours de la dernière mission du village, juste sous le gire du Moëntieu. Accotant sa moto contre le soubassement de la croix, il monte rapidement jusque chez Pierre. Marie Servettaz le renseigne d'un air las.

— Il n'est pas chez nous... il est parti par la traverse il y a un quart d'heure. Tu le trouveras peut-être vers la Pierre à Ruskin; c'est là qu'il va rêver quand il lui prend ses envies de solitude.

Paul suit le petit sentier à travers prairies et biollays qui coupe du Moëntieu jusqu'à la Pierre à Ruskin. De loin, il reconnaît Pierre, couché de côté dans l'herbe, la tête appuyée sur le coude et qui semble rêver face à la chaîne du Mont-Blanc.

— Salut, Pierre!

L'autre répond par un grognement qu'il s'efforce de rendre aimable.

— Je viens te chercher, continue Paul sans se laisser désemparer par cet accueil renfermé. Georges à la Clarisse va arriver... Alors, avec Boule, on a pensé qu'il fallait aller l'attendre et lui offrir une de ces réceptions! je ne te dis que ça... pour lui faire oublier son état...

— J'ai pas le temps de descendre.

— Pas le temps! pas le temps!... Allons! viens avec nous, tu ne peux pas refuser ça à Georges. Il ne serait pas content si tu n'y étais pas.

— Ça ne me dit rien...

Paul, debout devant son camarade, s'énerve et hausse le ton.

— Secoue-toi, voyons! Tu n'es plus le même avec nous depuis quelque temps. Est-ce qu'on t'a peiné sans le savoir? Dans ce cas, il faut nous le dire; pas d'équivoque entre amis... Non? Alors tu n'as pas d'excuse. (Et Paul se fait pressant:) Allons! dépêche-toi! Le car arrive dans une heure.

— Non!

Pierre articule nettement son refus. Il est buté.

— Écoute! Pierre, reprend Paul, ce que tu fais là n'est pas chic... Georges a quand même laissé ses deux pieds pour sauver le client de ton pauvre père. Il a bien le droit de compter sur ta reconnaissance, et tu ne veux même pas marquer le coup en venant l'attendre! Vrai! je ne te reconnais plus...

Pierre se redresse à moitié, se cache la figure dans les mains.

— Assez! assez!... mais tais-toi, bon sang! tu ne vois donc pas que je suis malheureux, et que je ne veux plus voir personne? T'as jamais eu envie de te renfermer en toi-même? de fuir la société? Pour ce que la vie me réserve désormais!... Laissez-moi tranquille, toi et les autres...

— Qu'est-ce que tu dis? Pauvre fou! La vie? Mais elle s'ouvre toute grande pour toi... Tu vas te marier, t'as une belle maison... du bien... Qu'est-ce qu'il te faut de plus?...

— Il me faut... Ah! puis non, tu ne comprendrais pas...

— Pierre, tu devrais me dire ça à moi. Je ne sais pas ce que tu as, mais je suis sûr que je pourrais te soulager.

Pierre ricane d'un air douloureux; il s'est assis maintenant et ses bras pendants jouent avec les touffes d'herbe.

— Personne ne peut me soulager, Paul. T'entends! personne... pas même Aline que j'aime bien... pas même vous... que j'aime bien aussi...

— Allons! pense plus à ce qui te tracasse et viens avec nous. Il y en a de plus malheureux que toi sur terre. Regarde Georges! Le voilà infirme pour toute sa vie; adieu les courses!... Et il n'avait que ça pour vivre! Je sais bien que l'Américain lui a fait une petite pension, et que la Caisse de secours de la Compagnie lui a versé une petite somme, mais enfin, il lui manque les deux bouts de pieds et on ne pourra pas les lui recoller...

Trop las pour lutter, Pierre capitule.

— Bon, bon... j'y vais!... J'y vais pour Georges! car tu

m'as peiné tout à l'heure. C'est vrai que dans la famille on lui doit de la reconnaissance... Va! je vous rejoindrai.

— Non! Je t'attends, insiste Paul qui ne veut pas le lâcher. J'ai la moto à la Croix des Moussoux, je te descendrai.

Pierre se lève, crache le brin d'herbe qu'il mâchonnait et précède Paul sur le chemin des Moussoux.

Quelques minutes après, ils arpentaient l'avenue de la Gare en compagnie de Boule et de Fernand et, sans qu'il sût pourquoi, Pierre se sentait tout à coup infiniment heureux d'avoir retrouvé ses amis.

Le puissant klaxon du courrier de Genève les avertit de l'arrivée du car. Pierre cherchait déjà à reconnaître le blessé parmi la foule des voyageurs.

Georges descendit le dernier, lentement, s'aidant à peine d'une canne. Son visage amaigri témoignait encore des souffrances qu'il avait endurées. A part cela, il paraissait normal; seulement, en regardant ses pieds, on s'apercevait qu'il était chaussé de deux bizarres chaussures, plus courtes qu'on ne les avait habituellement, en solide cuir souple, renforcé d'épaisses semelles en caoutchouc.

Il marchait ainsi avec une relative aisance et, tout fier devant ses amis, tapait de grands coups de canne sur le bout renforcé pour montrer qu'il ne sentait plus rien.

Les autres ne disaient rien; ils regardaient l'infirme, le cœur serré, l'émotion à fleur de lèvres.

— C'est tout cicatrisé? interrogea Boule pour dire quelque chose.

— Presque tout! mais avec ces bottes spéciales, je ne sens plus rien.

— On t'a coupé les pieds presque au ras du talon? demanda Fernand.

— Pas tout à fait, mais presque; on a fait une régularisation, m'a dit le chirurgien. Pour ça, on m'a bien désossé...

— Et tu peux marcher?

— Tiens! regarde!

Et jetant sa canne, Georges à la Clarisse esquissa un entrechat.

— Ça fait mé pi pas pi! T'es un type, Georges, dit Boule en souriant.

— On arrose mon retour, vous venez?...

— Justement, on a décidé de manger la fondue tous ensemble chez Breton, décrète Paul.

— Bonne idée! Ah! ça fait quand même plaisir de se retrouver au pays. Là-bas, à l'hôpital, y avait des jours où je devenais fou!... (Il jeta un regard sur les Aiguilles...) Eh! eh! la saison est en avance, on pourrait tout faire maintenant... Va falloir que je me réentraîne, car j'ai les jambes en flanelle; en route!

Ils se dirigèrent vers le sommet du bourg.

Le père Breton y tenait un café-restaurant, presque uniquement fréquenté par les guides et les montagnards. C'était une longue salle boisée, avec deux alignements de tables de chêne, bien cirées, et, appliqués aux parois, des écussons peints de Sociétés alpines, agrémentés çà et là de quelques magnifiques photographies de montagne. Vieux de plus d'un siècle, ce café était primitivement le point de départ des diligences qui faisaient le service sur Martigny; puis, avec le temps, il s'était un peu modernisé, sans rien perdre toutefois de son cachet vétuste.

La grande salle était pleine de consommateurs qui discutaient et buvaient force chopines, tout en tirant de leurs pipes un brouillard de fumée âcre.

Georges et ses compagnons firent le tour des tables garnies d'amis; chacun voulait féliciter Georges de s'en être tiré à si bon compte; tous admiraient son prodigieux rétablissement. Et le père Breton, qui s'y connaissait pour faire marcher son commerce, annonça cérémonieusement du haut de son comptoir:

— Messieurs dames! Je paie une tournée générale en l'honneur de Georges à la Clarisse.

Une ovation lui fut faite pour ce geste amical.

On but et on trinqua : à la Compagnie des Guides ! à la montagne ! aux enfants de Chamonix ! et chacun voulut ensuite avoir Georges à sa table.

Tandis qu'ils discutaient et que Georges racontait ses malheurs, Boule s'était esquivé à la cuisine et appelait Breton.

— Prépare-nous la fondue, Breton ! on la mangera à la cuisine.

— Écoute ! dit le tenancier, c'est plein de monde, j'ai trop à faire, mais tu n'as qu'à descendre à la cave. Tu y trouveras du fromage et du vin blanc ; fais-la toi-même, paraît que tu es un as pour la réussir !

— Entendu !... et tant pis si je mets plus que la ration, tu l'auras cherché. A propos, mets-nous quelques bouteilles de roussette au frais. On va en avoir besoin.

Dans la vieille cuisine, pavée de larges dalles de granit mal jointoyées, au plafond bas et enfumé, Boule s'affairait maintenant.

La fondue est presque un plat national pour Chamonix ; cette coutume spéciale aux Genevois, au canton de Vaud et au Valais, s'est implantée également en Faucigny. La préparer et la manger nécessite tout un rite qu'il faut scrupuleusement observer.

Il fallait voir avec quels soins minutieux la préparait le petit Boule qui, pour une fois, saisi par la gravité de l'heure, ne riait plus. Ayant pesé un gros morceau de vrai gruyère d'alpage, il le découpa en fines lamelles dans un caquelon frotté à l'ail, il arrosa le tout de vin blanc et se mit à diluer fromage et vin sur un feu vif jusqu'à ce que cela ne formât plus qu'une crème onctueuse et parfumée, qui bouillonnait doucement. Il y jeta deux verres de kirsch et continua à brasser. Pierre, étant venu l'aider, allumait un réchaud sur la table de cuisine, puis tous vinrent s'attabler autour du caquelon de terre où mijotait la fondue.

— Fin prêt, Boule ? demandèrent les autres.

— Fin prêt !

— Attaquons ! annonça joyeusement Georges.

Chaque convive, se munissant d'un gros dé de pain piqué au bout de sa fourchette, le plongea dans la fondue et le retira bien enrobé de fromage. Les conversations cessèrent, et chacun se dépêcha jusqu'à ce qu'il ne restât plus, adhérant au fond du récipient, qu'une croûte dorée, le « craquelin »; alors, avalant selon la tradition un verre de kirsch, ils se mirent en devoir de découper cette croûte qui conservait, décuplés, tous les arômes de la fondue.

Breton, qui lorgnait du coin de l'œil, n'attendit pas qu'on l'appelât pour apporter les bouteilles de roussette à long col, et le vin blanc succéda à la fondue. Légèrement grisés par ce plat haut en chaleur, les garçons parlaient ferme et bruyamment.

Entre guides, on en revient toujours à parler de la même chose. Et bientôt, ils se mirent à discuter montagne et courses. Pierre se taisait, le vin le rendait taciturne; il reprenait son regard fixe et méchant. Quant à Georges, exubérant de joie, il faisait des projets.

— Je vais commencer par aller aux rochers des Gaillands, pour m'entraîner.

— T'es fou, mon pauvre Georges, avec tes pieds..., fit Paul.

— J'ai conservé mes mains et, avec mes chaussures spéciales, je peux très bien grimper... D'ailleurs, je vais essayer. Qui est-ce qui vient avec moi?

— Pour ça, dit Fernand, j'y vais; je suis curieux de voir comment tu vas t'en tirer... Et alors? tu comptes vraiment refaire des courses? Quand tu nous en avais parlé à Genève, j'ai cru que tu plaisantais.

— C'est sérieux! Qu'est-ce que tu voudrais que je devienne sans les courses? La misère! Pas question... J'espère bien refaire toutes les grosses, et pas seulement la montagne à vaches.

— Tu devrais quand même essayer... doucement, conseilla Boule.

— Pourquoi?... C'est une question de volonté. Rappelle-toi Mr Young, le grand alpiniste anglais, qui a fait la première du Grépon par la Mer de Glace. Il est revenu de la guerre avec une jambe en moins. Ça ne l'a pas empêché de repartir, et avec un pilon en bois encore. Fallait voir! Il y mettait au bout une sorte de petite raquette pour ne pas enfoncer dans la neige, et dans le rocher il se servait de sa pique de fer avec beaucoup de sûreté.

— C'est juste, reprit Fernand, et ça me rappelle toujours la tête qu'avait faite le guide-chef le jour où Knukel, le guide de Young, vint le trouver au Bureau, en lui disant dans son jargon franco-allemand :

« — Mon client s'est cassé son jambe, che feux la faire réparer! Tis-moi où.

— Ton client s'est blessé... en montagne? interroge le guide-chef.

— Ya, au Grépon, reprend Knukel; il a cassé son jambe.

— Mais je n'en ai rien su, et tu as pu le redescendre?

— Ya, on a mis longtemps, mais on est revenus au Montenvers.

— Ben alors, fait le guide-chef sidéré, faut voir le Dr Coutaz, il est spécialiste des jambes brisées.

— Non, godferdamm, se fâche Knukel, pas le docteur, un bon menuisier... son jambe, il est en bois. »

» Tu vois la tête de Cupelaz; on s'en est payé une pinte de bon sang.

Les guides éclatèrent de rire, Boule surtout qui se tapait sur les cuisses et manquait d'étouffer.

Seul Pierre ne participait pas à la gaieté générale; il vidait verre sur verre, ne disait pas un mot et son visage devenait plus dur. Georges à la Clarisse continua :

— Oui! tout ça c'est une question de volonté; si on se laisse aller dans la vie, on est foutu. Tu ne voudrais pas que je me fasse gardien de cabane à vingt-six ans? Faut laisser ça aux vieux guides. Moi, c'est dit, je reprends mon tour de rôle! Tiens! je vous propose une chose : pour ma première grande course, je vous emmène au Dru, en premier encore!... Tu en es, Pierre? Nous avons tous les deux une sacrée dent contre lui. Et puis! quand on a eu un coup dur quelque part, il faut immédiatement y retourner pour effacer la mauvaise impression, sans ça on conserve une frousse intense du passage et on n'y met plus les pieds. On fera ça dès juin, dès que ce sera déneigé, car pour ce qui est du verglas, j'en ai soupé! Breton! donne encore une bouteille.

Les autres renchérirent.

— Buvons aux Drus; ils nous en ont fait assez voir à toute la bande.

— Pour ça oui. Ben, mon vieux, si t'avais vu ces passages quelques jours après ton accident... Hein, Pierre!... reprit Fernand.

Pierre ne répondait pas.

La tête dans ses mains, il regardait fixement la toile cirée de la table.

— Qu'est-ce qu'il a? demanda Georges; il paraît tout drôle.

— Il est comme ça depuis un mois, précisa Fernand; c'est plus le même.

— Allons, Pierre! dit affectueusement Boule, déride-toi, ce soir on est tous à la joie d'être réunis; vous deux, Georges et toi, vous revenez de loin. Chasse tes idées noires...

Comme Pierre ne répondait toujours pas, Paul se pencha pour voir son visage et s'aperçut qu'il pleurait silencieusement.

— Nom de nom! s'exclama-t-il, mais il pleure. Qu'est-ce qui te prend... Pierre? Mon vieux, ça nous fait trop de peine de te voir comme ça... Qu'y a-t-il?

Alors Pierre vida son cœur, et découvrant son visage tourmenté, il s'adressa au mutilé d'une voix monocorde :

— Georges, tu viens de dire que tu ne pourrais pas t'habituer à l'idée de ne plus faire de courses. Tu parles de repartir avec tes pieds tout estropiés et je suis sûr que tu réussiras à remonter le courant... Mais si je te disais que pour moi c'est fini!... bien fini!... que je ne mettrai plus jamais les pieds en montagne... que je vais me traîner dans la vallée à vous regarder partir...

— Toi ? s'étonna Georges. Mais pourquoi ?

— Parce que ta famille ne veut pas que tu fasses les courses ? interrogea Fernand. Pauvre fou ! C'est pas ce qu'ils ont dans la tête... Les courses, ta mère, l'oncle Paul, Aline, ils savent bien que tu en referas, mais en amateur, à tes heures de liberté... C'est ça qu'ils veulent... Tu gagneras assez avec la pension de famille, et ça sera encore bien mieux de partir avec des copains que tu auras choisis ! Plus de sacs à traîner, plus de clients ronchonneurs et prétentieux ! Je t'assure que si j'en avais les moyens, moi, je prendrais un guide et j'irais en camarade avec lui ! Rappelle-toi ! Quand on est entre nous, tout marche ; les cordes sont toujours tendues, les rappels pliés, on se comprend sans parler, on dirait qu'on est une seule pensée dans des corps différents. Jamais j'ai ressenti ça avec des clients, ou bien rarement, avec quelques grands as... et encore ! Ils n'avaient pas la même mentalité que nous, et ça créait une sorte de gêne. Cette sorte d'alpinisme, la famille ne t'empêchera pas d'en faire, j'en suis certain.

Pierre secoua la tête douloureusement.

— Ni comme guide ni comme amateur... je ne ferai jamais plus de montagne.

— C'est un vœu ? plaisanta Boule, qui regretta tout de suite ce qu'il avait dit.

— J'ai le vertige..., avoua Pierre, qui s'écroula le buste sur la table, accablé, désemparé par la honteuse confession qu'il venait de faire.

— Toi, le vertige ! répliqua Fernand, laisse-moi rire !... On t'a bien vu au Dru... drôle de vertige. Je dirais plutôt que tu avais trop de culot.

— C'est pourtant vrai. Le docteur m'avait prévenu... et je ne voulais pas le croire... Alors, j'ai essayé tout seul... une nuit...

— La nuit où tu as disparu de la maison ? questionna Fernand. J'aurais dû m'en douter, sacré nom de... et tu es tombé? Aline m'a dit qu'il y avait du sang sur ta veste.

— Non!... ça aurait mieux valu d'ailleurs... Si tu m'avais vu hésiter pendant près d'une heure avant de faire le pas dans la face du Brévent... et puis ramper comme une chenille, en tremblant, les yeux fermés pour ne pas voir le vide, et ensuite, une fois de l'autre côté, ma joie de me retrouver sur quelque chose de moins vertical... Le sang? un petit bobo, une glissade sur un névé à la descente.

— Pauvre vieux!

Pierre releva un peu la tête et continua :

— Depuis, j'ai caché ça comme un mal honteux; je ne voulais le dire à personne, alors je vous fuyais, la vue de mes amis en pleine santé me faisait mal, c'était affreux... affreux!... Et je me suis mis à boire, en me forçant, et plus je buvais, plus je ressassais mes idées... Il n'y avait que lorsque j'allais me cacher dans une clairière pour rêver face aux montagnes que je connaissais un peu de repos... Ça me faisait du bien de les regarder... et là je vivais de mes souvenirs, j'ébauchais des routes nouvelles que je ne ferai jamais, jamais!...

— Si, mon vieux! Si, tu les feras..., interrompit énergiquement Georges, et je vais t'y aider... Crois-moi! le vertige ça se guérit, c'est une question de volonté. A preuve! mon père avait une cliente, elle était légèrement sourde, et ça lui donnait, elle aussi, du vertige; pas moyen de la faire monter même à l'Aiguille de l'M... Alors mon père s'est mis à la persuader que ça passerait, il l'a entraînée progressivement pendant trois ans, à la fin elle sautait comme un cabri sur les dalles du Grépon... tu vois!

— Oui, mais moi, je n'ai même pas été capable de franchir la vire du Brévent.

— Tu as eu tort d'y aller tout seul... Fallait nous le dire, reprit Fernand, je serais monté avec toi; enfin! il n'est pas trop tard...

— Si! c'est trop tard, je ne recommencerai jamais

plus... je ne veux pas que vous me voyiez comme une chiffe dans les rochers... Tant pis... J'en ferai mon deuil de la montagne !

— Tu n'en feras pas ton deuil, reprit Georges, et tiens ! nous devons tous deux nous rééduquer, alors tu viendras avec moi ; au début, les copains nous aideront ; ensuite, on repassera en premier.

Fernand, Boule et Paul acceptèrent avec enthousiasme. Georges se leva, et prenant Pierre par le bras, il le déracina de sa chaise.

— Viens ! On a assez bu, rentrons. Paul me raccompagnera au village des Bois avec sa moto, les autres te conduiront aux Moussoux.

Ils se séparèrent.

La nuit était venue, limpide et froide. Le ciel étalait son manteau d'étoiles au-dessus des cimes. Pierre marchait, épaulé par ses camarades, comme un malade qui recouvre la santé. D'avoir vidé ses peines lui avait fait du bien ; une faible lueur d'espoir luisait au fond de son cœur, bien vacillante encore. Le souvenir de cette terrible journée du Brévent le poursuivait comme un cauchemar. Il lui semblait revoir le grand vide qui se creusait ce jour-là sous ses pieds, et il se reculait brusquement avec des nausées au cœur, un immense dégoût ; il sursautait malgré lui et les autres se demandaient ce qui lui prenait ; il secouait la tête tristement.

— C'est inutile !... ça ne me passera jamais...

— Tu verras, tu verras ; question d'entraînement, disait doucement Boule.

Avant de se quitter, ils prirent rendez-vous.

— En attendant de grimper sur les rochers, fixa Fernand, faut conduire les vaches à la montagne, la semaine prochaine. C'est l'inalpage de Charamillon ; tu montes avec nous, Pierre ? On rassemblera les troupeaux et on fera route ensemble.

— Si tu veux, ça me changera les idées... (Et Pierre ébaucha un triste sourire.) Je n'aurai peut-être pas le vertige dans les alpages.

— Manquerait plus que ça !

— Et le lendemain on fera battre les reines, ajouta Fernand pour le tenter. Tu sais, je crois que tu peux parier sur la mienne ; elle est en pleine forme !

— Entendu !

— Et l'Aline viendra avec nous.

— Alors ! dis-lui que j'irai sûrement.

5

Fernand et Boule s'étaient retrouvés comme des conspirateurs dans l'arrière-boutique de Gros-Bibi ; les tristes confidences de Pierre, l'autre soir, les avaient bouleversés, et ils cherchaient à leur manière comment le sortir de cette dangereuse ornière. Avec un caractère aussi entier que celui de Pierre, il fallait ruser, tourner l'obstacle, pour arriver plus sûrement au but. Ce fut Boule qui, subitement, crut avoir trouvé une solution ; sa bonne face joviale s'élargit encore lorsqu'il interrogea Fernand :

— T'es bien avec le toubib, Fernand ?

— Du dernier bien.

— Alors va le trouver et explique-lui le coup ; il trouvera sûrement un remède ; par exemple, s'il pouvait persuader Pierre de faire quand même de la montagne... Naturellement, on serait derrière, nous autres. Vas-y tout de suite, c'est l'heure des consultations ; je t'attends, pas la peine d'encombrer son cabinet.

Quelques minutes plus tard, Fernand sonnait chez le Dr Coutaz.

— Quelqu'un de malade chez toi, Fernand ? s'enquit le praticien.

— Non, monsieur le docteur, c'est au sujet de Pierre...

vous devez comprendre; il n'est plus le même depuis qu'il sait son état, faudrait le tirer de là.

Et Fernand raconta par le menu les incidents de chez Breton. Le Dr Coutaz l'écoutait gravement.

— C'est une question de temps, de patience, Fernand, le vertige ne se guérit pas comme ça d'un coup.

— Ainsi, c'est bien vrai, monsieur le docteur, Pierre est sujet au vertige! Pauvre vieux... et vous dites que ça passe très rarement, mais il y a des cas cependant... le père de Georges à la Clarisse a bien guéri une de ses clientes, en la faisant grimper progressivement.

— Hélas! ce que tu viens de me raconter est bien triste et prouve que je ne m'étais pas trompé. Bien au contraire, son cas s'est aggravé, car il n'aurait pas dû faire cette tentative solitaire; la commotion nerveuse qu'il en a reçue n'est faite que pour l'éloigner davantage de tout ce qui est précipice ou abîme.

— Mais voyons! monsieur le docteur, on ne peut pas le laisser se miner comme ça; il faut lui redonner de l'espoir. On est prêt à s'en charger, Boule, Paul, Georges et moi; encadré par nous il ne risquera rien... (Il y eut une pause, puis Fernand reprit:) Si on le persuadait que tout ce que vous lui avez dit n'est pas vrai?

Le brave Dr Coutaz sursauta à cette proposition saugrenue.

— Tu vas fort, Fernand; si c'est comme ça que tu entends récompenser mes bons services en disant partout que je n'y connais rien. Dis-moi, petit, parles-tu sérieusement?

— Très sérieusement, monsieur le docteur, il s'agit simplement de sauver un homme, et ça vaut bien un mensonge. Rassurez-vous, je ne veux pas mettre en doute votre conscience professionnelle et votre science... Il y a un moyen. Vous aimez bien Pierre, n'est-ce pas? vous le lui avez prouvé assez souvent et tout récemment pendant son accident; alors je me suis dit une chose: on va s'associer vous et moi!

— S'associer! Tu es devenu médecin? interrogea malicieusement le docteur.

— Non! Mais j'ai une idée.

— Dis toujours!

— Si vous disiez à Pierre que tout ce que vous lui avez raconté sur son vertige n'était fait que pour l'éloigner de la montagne; que vous aviez agi ainsi en pensant à la douleur de sa mère... Que sais-je?... Vous trouverez bien quelque chose... Enfin, vous voyez!

— Non, Fernand; ne me demande pas une chose comme ça! Redonner une illusion d'équilibre à Pierre serait le tuer plus sûrement encore, car il pourrait lâcher tout d'un coup sans prévenir et j'aurais sa mort sur la conscience. Il n'y a qu'une seule chose à faire, mon enfant; c'est de l'entraîner progressivement, en l'encadrant bien. Vous pouvez l'emmener en course, mais il faudra le surveiller sans cesse, et surtout ne jamais le laisser passer en premier. Dans ces conditions, il pourra peut-être, je dis bien *peut-être* (et le docteur accentua ces mots), vaincre son mal. Emmenez-le aux Rochers des Gaillands, dans de petites courses d'entraînement, et vous jugerez de ses progrès. Tenez-moi au courant; je vous dirigerai et vous conseillerai; mais pour ce qui est de bercer Pierre dans une sécurité trompeuse, jamais! Je sais qu'il a été très éprouvé moralement et qu'il n'a pas réagi comme il se devait; mais c'est un garçon qui se reprendra vite. Déjà, s'il reste en votre compagnie il sera presque sauvé. Et ce sauvetage moral en vaut bien un autre!

Fernand quitta le docteur mi-satisfait. Il comprenait fort bien les scrupules légitimes du médecin, mais pour sa part il aurait bien passé outre.

Il rejoignit Boule chez Gros-Bibi.

— Alors? fit ce dernier.

— Le toubib ne marche pas dans la combine! Pourtant tu ne m'enlèveras pas de l'idée que c'est une question de persuasion; si on réussit à lui faire croire qu'il n'a pas le vertige, il ne l'aura plus.

— On peut toujours essayer... A propos, demanda Boule, ça tient toujours pour l'alpage?

— Oui, mardi prochain.

— A r'vi pas ! A mardi.

Ils payèrent leurs consommations, sortirent et, sur la place, se séparèrent.

6

Le défilé avait commencé vers le milieu de la nuit ; à intervalles irréguliers, les troupeaux traversaient la ville et leurs clarines vibrantes réveillaient tout Chamonix. C'était un bruit de clochettes, scandé par le mouvement régulier des encolures entravées de cuir, joyeux comme un carillon de baptême, qui rythmait la marche lourde et puissante des vaches. Parfois, deux bêtes se querellaient, et les secousses endiablées qu'elles infligeaient à leurs clarines en se battant heurtaient la symphonie de l'ensemble. Des appels de bergers parlant haut et dur ajoutaient au tapage. La transhumance durerait ainsi pendant une nuit et un jour sans arrêt, mais personne ne se plaignait dans Chamonix, car chacun sait ici que la montée des troupeaux vers l'alpage signifie le retour de la belle saison.

La nuit, belle et fraîche, était joyeuse et sans vent ; à peine percevait-on une petite brise qui murmurait dans les vernays du bord de l'Arve.

Aux fenêtres des maisons, des lumières apparaissaient : enfants curieux tirés de leur sommeil et regardant avidement la marche des troupeaux ; hommes, femmes, s'intéressant un instant au défilé, puis retournant à leur couche et à leurs rêves. On eût dit qu'une poussée irrésistible chassait les bêtes des basses vallées vers les hauteurs ; elles passaient par petits groupes de vingt à trente têtes, généralement groupées par village, par hameau, et encadrées par les chiens corniauds à l'œil vairon qui allaient et venaient sans repos, langue pendante, ponctuant leur vigilance de brefs coups de gueule.

Derrière, marchaient les propriétaires des troupeaux, le sac au dos, la canne ferrée à la main.

Pierre Servettaz se réveilla vers minuit. Déjà Alice, la plus grande de ses sœurs, avait préparé le café, le pain et la tomme, sur la table de la cuisine; les deux jeunes gens mangèrent en silence, puis se dirigèrent vers l'étable, où les vaches bien étrillées en prévision de cette randonnée, la robe impeccable et soyeuse, tournaient curieusement vers les visiteurs leur museau satiné en se demandant ce que signifiait cette visite nocturne.

Pierre remplaça les sonnettes légères de l'hiver par de plus grosses cloches, aux sons graves et vibrants, de magnifiques sonnettes en acier bleu, de forme oblongue, retenues par de larges colliers de cuir noir à boucles de cuivre et ferrures dorées. Il flattait les bêtes de la main, les caressait, rabattait et peignait une touffe de poils entre les cornes blondes.

— Là! mes belles, disait-il, vous voilà parées pour la montagne.

Puis il décrocha, dans un cliquetis métallique, les chaînes qui les retenaient à la crèche, et elles sortirent, pesamment, une à une, humant l'air de la nuit, lèvres retroussées et oreilles droites.

Alice prit la tête de la petite colonne et appela doucement la conductrice du troupeau.

— Viens çà! Parise! Viens!... viens vite... vin çà, vin ite tà!

Parise suivit docilement sa maîtresse et les autres emboîtèrent le pas. Le troupeau carillonnant rejoignit la grand-route, traversa Chamonix, sans se mêler aux autres, qui montaient de tous côtés, venant des Houches, de Servoz, de Vaudagne.

La marche nocturne commença, lente et continue.

Au village des Praz, après avoir traversé le pont de

l'Arve, tout baigné de vapeurs et de grondements furieux, Pierre fit halte pour attendre le troupeau de Fernand et d'Aline.

De loin, Alice reconnut le gros bourdon de la Lionne, la vache de combat de Fernand Lourtier.

— Il amène la reine... entends! Pierre, c'est elle qui tient la tête.

Bientôt le troupeau sortit de la nuit, s'esquissa, puis se dessina nettement. On mélangea les deux écuries et déjà les bêtes se flairaient avec inquiétude, la Lionne surtout, qui se cabrait, prête à charger.

— Laissons-les se battre dans le pré avant de repartir, cria de loin Fernand qui venait derrière, ça ne sera pas long, et après on sera tranquilles.

On ne distinguait que des ombres pesantes et musicales qui allaient et venaient dans la nuit.

La Lionne se présenta fièrement devant chacune des bêtes, mais les autres, flairant en elle la reine de combat, fuyaient peureusement, ou bien rompaient l'engagement au premier contact des cornes. Dégoûtée, la Lionne se mit à brouter paisiblement.

— On peut y aller! dit Fernand; elles ont trouvé leur maître; on verra du beau sport demain à Charamillon.

Pierre, qui était resté à l'écart et contemplait la mêlée des bêtes, sentit soudain une main très douce qui saisissait la sienne. Il se retourna. Aline était près de lui. Elle paraissait toute menue avec ses culottes de ski, des golfs de drap bleu qui tombaient légèrement sur des bas de laine éclatants de blancheur. Elle souriait dans la nuit et son sourire était si lumineux que Pierre l'attira vers lui et la garda ainsi dans ses bras, sans rien dire.

Alice s'affairait à faire démarrer le troupeau confus et indiscipliné qui s'égailla bientôt sur la grande ligne droite de la plaine des Praz.

Le jour pointait sur l'Aiguille Verte, et on distinguait déjà dans le fond de la vallée la faucille régulière du Col de Balme avec ses alpages veloutés. Une grande lueur venant de l'est montait dans le ciel, et des prés aux herbes hautes chargées de rosée s'évaporait une odeur de miel et de pollen.

Aux Tines, Georges à la Clarisse mêla son troupeau aux autres, et pendant quelques minutes, ce fut un nouveau combat. La Lionne, le mufle baveux, avait trouvé une adversaire à sa taille et ne voulait pas lâcher prise ; on décida de les séparer, afin qu'elles conservent toutes leurs chances au grand combat de la montagne.

Il faisait grand jour lorsque les transhumants atteignirent Argentières. Les cafés étaient déjà ouverts ; au passage, les paysans s'arrêtaient pour boire la goutte, tandis que les filles continuaient leur marche, et à mesure que l'heure avançait, la vallée s'emplissait de cris et de sonnailles. On eût dit un branle-bas général ; les centaines de cloches se mêlaient pour se fondre en une harmonieuse symphonie, couvrant la voix sauvage du torrent qui sourdait du glacier d'Argentières.

Lorsqu'on quitta la grande route au viaduc de Montroc, plusieurs centaines de vaches se suivaient sans interruption, et l'on en voyait d'autres qui montaient en file indienne les lacets serrés des alpages de Charamillon et de Balme. Par contre, derrière, on eût dit que la vallée s'était vidée de tous ses troupeaux, et les quelques bêtes qui restaient — une par famille pour le lait quotidien — meuglaient tristement, attachées à un piquet dans un coin du verger.

Cornes hautes, les bêtes semblaient prendre des forces nouvelles à fouler la glaise humide de l'alpage. Les vieilles reconnaissaient la route et marchaient sans hésitation, entourées des jeunes génisses qui gambadaient, toutes grisées par l'air de l'altitude.

Au village du Tour, le dernier de la vallée, écrasé sous ses toits de lauzes, au milieu des prairies fleuries de lis martagon, d'arnicas et de gentianes, Fernand, Pierre et Georges dégagèrent leur bétail de la masse des troupeaux et le menèrent dans un enclos de pierres sèches, où, lassées par les quinze kilomètres de route, les bêtes se mirent à brouter paisiblement sans se chercher querelle.

Paul Mouny les attendait au seuil de sa demeure. Il

était joyeux, et ne pensait qu'aux réjouissances de l'après-midi ; il ne put s'empêcher de taquiner Fernand :

— Ta reine est-elle en forme, Fernand ? Elle aura du fil à retordre ; j'ai vu déjà passer la Boucle, la fameuse bête à Napoléon du Lavancher ; il lui a ferré les cornes, le démon ! Oui, mon vieux ! cerclées d'acier pour qu'elles ne se brisent pas, et il a dû la droguer, car elle avait les yeux déjà rouges et bavait légèrement ; aussi la menait-il sagement à la corde.

— La mienne ne craint pas les autres, ronchonna Fernand ; quant à la droguer, c'est trop tôt, je lui donnerai de l'avoine et du vin à Charamillon, juste avant le combat.

— En attendant, venez vous droguer à la maison, conclut Paul.

Il avait préparé un casse-croûte copieux avec de la saucisse de choux et de la viande séchée, et un bon vin blanc sec des bords du Léman. Ils prirent place autour du pétrin recouvert d'un solide plateau de mélèze qui tenait lieu de table. Aline, tout naturellement, s'était placée à côté de Pierre et, prétextant la fatigue, laissait aller sa tête sur son épaule. Les autres ne prêtaient guère attention à ces manigances d'amoureux, et Fernand plaisantait Alice dont c'était la première sortie au milieu des garçons et qui rougissait à chaque phrase un peu leste que lui décochait le jeune montagnard.

Il fallut pourtant continuer.

La montée par le chemin de Balme fut longue et sans histoire ; les bêtes arrachaient avidement des touffes de fleurs et d'herbe au bord du sentier, et il fallait les presser pour qu'elles consentissent à avancer. Le carillon vainqueur de la vallée, rythmé par la marche allègre sur la route plane, s'était mué en une symphonie plus douce, pleine de tintements grêles, heurtés, confus, soulignés par instants des coups de battant plus sourds des grosses cloches bronzées des reines à cornes.

On arriva dans la matinée sur le plateau de Charamillon.

Le fruitier de Balme et les consorts de la Montagne réceptionnaient le bétail sur un gros registre à couverture de toile noire, qu'ils avaient posé sur une table rustique, dehors, à même l'alpage. Chaque propriétaire déclarait ses bêtes qui étaient immédiatement enregistrées et marquées. Puis les vachers les attachaient dans les longues étables accotées l'une à l'autre dans un repli de la montagne, en dehors des coulées d'avalanches, et si intimement mêlées au sol qu'elles faisaient corps avec la pente.

Il fallait laisser au troupeau le temps de récupérer les dix heures de montée. On ne sortirait les bêtes qu'au début de l'après-midi, et alors ce serait le grand combat où de ces deux cents et quelques vaches sortirait la reine du troupeau.

Cette tradition, qui consiste à laisser le troupeau se choisir une reine, est vieille comme le granit de la montagne.

Que ceux qui ne connaissent des vaches que les lourdes bêtes idiotes et ruminantes des plaines, aux mamelles rasant terre, n'aillent pas se faire la même idée des vaches de montagne. Dans tous ces alpages qui vont du Mont-Blanc jusqu'au Mont-Leone, tout près du Simplon, est élevée une race spéciale, issue du terroir et qui dans les temps anciens devait sans doute vivre à l'état sauvage au pied des glaciers. Une race solide, à la robe noire tranchée de feu sur les reins et sous le ventre, aux puissantes cornes bien ouvertes comme celles des taureaux de combat ; elles en ont d'ailleurs l'allure avec leur encolure courte, leur garrot musclé, leurs jambes fines et nerveuses comme celles des coursiers de race et leurs sabots petits et ramassés, faits pour courir dans les éboulis, sur les gazons raides et sur les corniches vertigineuses de la montagne.

Chaque été, lorsque des quatre coins de la vallée les

bêtes se rassemblent à l'alpage, leur première rencontre est marquée par des combats épiques, des combats au « finish », où les vaches se choisissent entre elles une reine. Et l'élue conduira désormais le troupeau au pâturage, combattra les nouvelles venues des troupeaux voisins, rassemblera ses compagnes pour les mener à l'abreuvoir, le long du torrent qui cascade joyeusement au milieu des ardoisières ; c'est elle également qui, l'automne venu, et les premières neiges tombées, prendra la tête du long cortège qui reviendra en carillonnant dans les vallées.

De ces mœurs bien spéciales est née, dans le canton du Valais, une passion extraordinaire qui oppose les propriétaires en des paris homériques et leur fait dépenser de fortes sommes pour le seul orgueil de posséder dans leur écurie la reine à cornes de l'alpage. Cette passion s'est infiltrée dans la vallée de Chamonix, et les combats de vaches de chaque début d'été attirent la foule des amateurs sur la montagne.

Laissant leurs troupeaux aux soins des vachers valaisans, Pierre et sa bande allèrent se restaurer à la buvette de Charamillon. C'était un simple petit chalet d'un étage, construit en enfilade au bord d'un raide talus herbeux, et qui dominait toute la vallée de Chamonix. A portée de canon, l'Aiguille Verte et les Drus brillaient de toutes leurs glaces au-dessus des mélèzes de Lognan ; plus loin, on devinait partiellement le long fleuve gelé de la Mer de Glace qui contournait les Aiguilles dressées en suppliantes sous la coupole majestueuse du Mont-Blanc. On apercevait également une bonne partie de la frontière italienne avec la Dent du Géant, sentinelle menaçante en bordure des champs de neige du col. Au nord-ouest, s'étalait la chaîne, plus modeste, des Aiguilles Rouges, dépassant les forêts de la Flégère, haussant ses gazons ras, tavelés de névés jusqu'aux chicots rougeâtres de ses schistes décomposés, et, comme toile de fond, par-delà la conque très douce de Chamonix, s'amenuisait la ligne régulière et plane du plateau de Bellevue, derrière laquelle semblait s'ouvrir un nouveau monde avec des chaînes de montagnes étagées en amphithéâtre et à peine distinctes dans les lointains bleutés.

Tout proche du chalet, s'épandait la lande monotone de l'alpage, véritable tapis de verdure qui craquait par endroits pour laisser apparaître à nu la noirceur des ardoisières et les ravines en éventail creusées par les sources de l'Arve. La frontière suisse passait là, à portée de fusil, suivant la courbe parfaite du Col de Balme, au centre de laquelle s'érigeait, comme une forteresse, l'hôtellerie suisse.

Au nord, d'immenses croupes verdoyantes, au sein desquelles dormaient les chalets de Balme, formaient les alpages de Balme. Là-bas aussi les troupeaux s'assemblaient à cette heure en vue du combat final. Les cimes de Vallorcine, noirâtres et dramatiques, pointaient leurs sommets arides au-dessus des prairies. Vers le Col des Montets une forêt partait à l'assaut des gazons, et quelques mélèzes avancés en estafettes poussaient tout rabougris bien au-dessus des limites courantes des arbres, triomphe de la nature, qui ne voulait pas mourir, en dépit de l'inclémence des lieux.

La petite salle du chalet était pleine à craquer, et déjà le ton des conversations montait. Une épaisse fumée planait à mi-hauteur et l'on ne distinguait que des têtes penchées en avant, des bérets jetés de travers sur les têtes, et des hommes rudes ponctuant de grands coups de poing sur la table les débats qui les passionnaient. Les touristes, qui d'habitude font usage des guides pendant la saison d'été, auraient avec peine reconnu, en ces lourds paysans engoncés dans le velours et le gros drap de Séez, les fins escaladeurs de cimes qui les accompagnaient. Ils avaient cessé d'être guides, et par là même policés, pour redevenir des montagnards têtus, lourds d'allure et volontairement paysans. Une seule chose les passionnait désormais : le combat. On pariait sur les vaches connues, et principalement sur la Boucle, la terrible reine à Napoléon du Lavancher. C'était une vache ni plus lourde ni plus vive qu'une autre, mais qui depuis cinq ans était reine à Charamillon, et cela tenait à son encornure spéciale. Ses deux puissantes cornes se rabattaient devant le frontal jusqu'à se toucher presque des pointes, formant ainsi une boucle non fermée qui protégeait la reine contre les attaques adverses. De magnifiques bêtes de combat amenées tout exprès de Martigny n'avaient pu en venir à bout ; à chaque choc, l'adversaire heurtait du frontal les deux pointes acérées qui la blessaient sans qu'elle puisse réussir à crocher solidement sa rivale.

Napoléon pérorait haut et clair. C'était un petit homme sournois et vindicatif qui se considérait comme le maître de la montagne et ne voulait pas en démordre.

— Y a toujours mille francs sur ma vache ! Qui tient le pari ?

Personne ne le relevait, persuadé de l'invincibilité de sa reine. Mais, par contre, chacun misait sur la Boucle comme on ferait d'un placement sûr. Seuls les propriétaires de reines supputaient leurs chances et faisaient rouler les paris pour la seconde place, tant il semblait impossible à tous que la Boucle fût vaincue.

Fernand s'avança en provocateur au milieu de la salle. Il pouvait bien avoir vingt ans de moins que Napoléon mais chacun connaissait déjà sa passion et sa science du bétail, et, à l'étable, les connaisseurs avaient admiré la belle allure de sa vache.

— Je tiens le pari, Napoléon, dit-il, ma vache fera crever ta bourrique encornée !

Napoléon le regardait d'un air goguenard et les autres s'interposaient déjà.

— Arrête, Fernand! t'es pas fou, miser une somme pareille, lui dit Paul.

Napoléon l'arrêta du geste :

— Laisse-le, ce gamin! il mérite une bonne leçon. (Puis, se tournant vers Fernand :) A ton aise, si tu as envie de perdre ton argent.

— Ta Boucle ne me fait pas peur! lança Fernand, même avec ses cornes cerclées de fer. Si tu les as cerclées, c'est qu'elles risquent de se briser, pas vrai? Seulement, je te préviens, j'ai regardé, il y a un boulon qui dépasse, faudra le limer, sans ça je refuse.

— Je ne limerai rien du tout! gueula Napoléon, et c'est pas un gamin comme toi qui viendra me donner des leçons.

Les autres s'excitaient, et Napoléon, qui avait déjà un peu trop bu, s'entêta :

— Je tiens les mille francs sur la table; on va les confier au fruitier; prends-les, Hyacinthe!

Le gros fromager suisse s'empara placidement du billet de mille et le glissa dans son gilet, mais il crut bon de conseiller Fernand qui lui tendait le sien :

— T'as tort, Fernand! Sa vache est imbattable, voilà cinq ans qu'elle tient le coup, et la tienne, c'est la première fois qu'elle vient ici; elle sera dépaysée, elle devra se battre trois fois plus, car les autres vaches connaissent la Boucle et ne s'y frottent plus; tu comprends, elle est déjà leur reine! Ta Lionne devra fournir peut-être dix ou douze combats, et quand elle en arrivera à la Boucle, elle sera fatiguée.

Pierre à ce moment intervint :

— Prends son argent, Hyacinthe, et pour bien prouver que je ne crains pas sa vieille bique rabibochée de fil de fer, je parie mille francs sur la vache de Fernand. Tu tiens le pari, Napoléon?

Les autres se regardaient, tout éberlués de l'audace de ces deux gamins, et déjà deux clans s'affrontaient. Chacun souhaitait en dedans de lui la victoire de Fernand, il y avait trop longtemps que l'autre crânait avec l'invulnérabilité de sa reine; mais cependant personne n'osait soutenir Fernand, c'était trop risqué. Napoléon était cramoisi de fureur.

— Je tiens, cria Napoléon.

Et il versa un nouveau billet de mille entre les mains du fruitier. Il aurait vendu son bien pour parier sur sa vache.

Pierre s'esquiva par une porte de derrière; il en avait assez de ces discussions et cherchait Aline qui, un peu inquiète de la tournure que prenaient les événements, était revenue à l'étable et surveillait son troupeau.

— Tu montes la garde, Aline? lui dit-il en riant.

— Je crois qu'il est préférable de ne pas laisser la reine toute seule. Napoléon est capable de tout après ce que vous lui avez dit. Vous êtes fous, Fernand et toi; miser des sommes pareilles! Si jamais maman apprend cela...

— Qu'est-ce que ça peut bien lui faire? C'est sur notre argent qu'on a misé. Fernand et Paul vont nous remplacer; allons nous promener, dès qu'ils auront pris la garde à l'écurie.

Fernand et Paul arrivèrent presque aussitôt, encore excités par les paris, les enjeux et la discussion. Boule les avait rejoints, ainsi que Georges à la Clarisse. Paul portait un grand ciselin tout plein d'avoine mélangée de vin; ils en firent absorber le contenu à la Lionne qui ruminait paisiblement devant son râtelier et qui se jeta sur cette excitante nourriture.

Ensuite, les quatre compères se hissèrent jusqu'au galetas rempli de foin qui dominait l'étable et d'où ils pourraient mieux surveiller leur bête sans être vus. On ne sait jamais!

7

Pierre et Aline laissèrent les garçons, sortirent et gagnèrent, au-dessus des chalets, un petit replat couvert de rhododendrons d'où l'on dominait toute la vallée. Aline s'étendit sur les branches entrecroisées qui formaient une couche élastique et, toute joyeuse, sourit au soleil en s'étirant comme une jeune chatte. Ses cheveux bruns, dénoués, flottaient, mêlés aux fleurs écarlates. Elle attira Pierre à ses côtés. Ils rêvèrent ainsi, tendrement enlacés, et Pierre goûtait paisiblement son bonheur. Ses idées noires avaient fui comme des nuages chassés par le vent. Il ne songeait qu'à l'heure présente, et son regard errait sur les cimes sans que celles-ci ravivassent ses blessures cachées ; elles s'intégraient à l'euphorie du moment, et lui ne pensait qu'à serrer plus fort sa fiancée contre son cœur et à mêler ses lèvres aux siennes. Le soleil, haut dans le ciel, traversait parfois un nuage d'ouate ; un pan d'ombre passait sur l'alpage et courait rapidement à travers champs, poursuivant la lumière ; il semblait alors que tout devînt plus froid sur terre. Les amoureux courbaient instinctivement la tête et se serraient davantage encore. Puis le soleil triomphait, et tout riait à nouveau dans la montagne. Aline arrachait des touffes de rhododendrons, s'en couvrait par jeu, et ses lèvres étaient aussi vivaces que le rouge des fleurs. Pierre songeait qu'elle était plus belle et plus désirable qu'il ne l'eût jamais souhaité, sans doute parce que dans la minute présente la montagne et l'amour se rejoignaient pour le combler et le griser. Et tous deux fermaient les yeux pour mieux sentir le violent parfum des herbages, et percevoir l'invisible caresse de la brise sur leurs visages bronzés de soleil.

Un carillon furieux les tira de leur songerie.

— Pierre !

— Aline !

— Les troupeaux sortent, redescendons avant qu'on nous cherche !

— Dommage, on était si bien ici !

Il lui prit un nouveau baiser.

— Tu es heureux, mon grand ?

— Très heureux.

— Finies ces idées noires ?

Pierre ne répondit pas. Aline conclut pour les deux :

— Il ne faudra plus qu'il y ait des nuages sombres, désormais ; tant que nous serons réunis tous deux, nous serons heureux, n'est-ce pas... chéri ?

Il caressa une fois encore la belle chevelure dénouée toute pleine de pétales de fleurs et d'herbe sèche.

— Viens ! Descendons !

Ils se relevèrent d'un bond de cabri. Aline secoua les fleurs qui s'accrochaient à ses lainages, et tous deux dégringolèrent jusqu'au milieu du troupeau.

Les bêtes sortaient en rangs pressés des étables ; elles mugissaient d'une façon saccadée, nerveuse, et dressaient leurs cornes en se bousculant. Déjà quelques-unes s'affrontaient, et les vachers les séparaient, tout en poussant le grand troupeau jusque sur le plateau fleuri, dégarni de pierres, où devait se faire le choix de la reine.

Ensuite, les hommes se retirèrent sur une petite butte et laissèrent les bêtes procéder elles-mêmes à l'élection de leur souveraine. Une grosse majorité du troupeau, à vrai dire, ne se souciait que de brouter à plein museau les herbes fortes en senteurs de l'alpage, et fuyait toute menace qui se précisait contre elle ; mais une vingtaine de reines allaient et venaient, meuglant, cherchant le combat, reniflant leurs rivales, et bientôt, au milieu du troupeau, ce fut une bagarre générale. Une par une, les combattantes s'affrontaient. C'était une courte lutte qui durait à peine une minute ; le choc de deux masses dans un bruit mat, puis la vaincue rompait le combat et fuyait, poursuivie par son vainqueur qui lui labourait les côtes de brefs et rapides coups de cornes. Au bout d'une heure, il ne restait plus en lice que cinq ou six combattantes, la robe maculée de sueur et de terre, le mufle baveux, les yeux injectés, de véritables vaches de combat, inquiètes et trépidantes.

Les parieurs s'étaient rassemblés, et le ton de la discussion montait.

On approchait de la fin et la Boucle paraissait ne pas vouloir, cette année encore, se laisser ravir son titre de reine. On pouvait la voir aller fermement d'une combattante à l'autre, provocante et hargneuse, et chaque fois c'était la même tactique : l'autre prenait son élan, la Boucle attendait le choc, bien ramassée sur ses quatre pattes, et laissait l'adversaire s'épuiser et se blesser à chaque charge nouvelle sur les dangereuses cornes. Elle semblait enracinée dans l'argile et attendait son heure; puis, d'un seul coup de tête, elle prenait l'autre à revers et lui tordait le cou jusqu'au sol. Alors, tandis que la vaincue fuyait et se perdait dans le troupeau, la Boucle restait immobile, tête basse, cornes horizontales, et son large poitrail se gonflait et se dégonflait au rythme précipité de sa respiration. Puis elle grattait sauvagement la terre de ses sabots de devant, petits et droits; les mottes d'herbe volaient à distance, et dans sa rage destructive, comme un buffle sauvage dans la brousse, elle s'agenouillait, creusait le sol avec ses cornes, se recouvrait de boue, mêlait son sang à la glaise.

Sa cloche bourrée de terre pendait comme un grelot, vide de sons.

Toutes ses rivales ayant été mises hors de combat, le magnifique fauve se promenait parmi le troupeau, affirmant sa puissance, corrigeant l'une d'un coup de cornes, chassant l'autre d'un coin d'alpage où l'herbe était plus grasse, ne rencontrant aucun obstacle à sa velléité de commandement. On eût dit que les autres l'avaient déjà désignée. Aussi, quel ne fut pas son étonnement, en arrivant à l'extrémité du plateau, d'apercevoir deux vaches qui combattaient encore dans ce coin retiré, bordé par un ravin profond où coulait un filet d'eau claire sur des schistes noirâtres.

La surprise de la reine fut sans limites ; elle la marqua en s'immobilisant sur place et en jetant un bref appel de gorge. Puis elle se mit à creuser de ses deux pieds de devant pour témoigner de sa réprobation et attendit que le combat en cours fût terminé. Les deux autres, dont l'une était la Lionne, la vache de Fernand, luttèrent avec acharnement.

Son propriétaire, entouré des parieurs, vit surgir la terrible lutteuse. Un beau combat en perspective, et décisif celui-là ! Les montagnards poussèrent des cris de joie, car ils avaient tous suivi les combats remportés par la Lionne et admiré ses réelles qualités de lutteuse et sa résistance extraordinaire. Ce serait en vérité un dur morceau pour la Boucle.

— Oh ! Napoléon, crièrent-ils, tu risques tes billets !

— Rien à craindre ! rien à craindre ! fit l'autre, moins optimiste qu'il essayait de le paraître.

Fernand surveillait sa reine qui, depuis dix minutes déjà, et bien qu'elle fût placée en contrebas de son adversaire, tenait tête à une forte vache noire, vive et rageuse ; le combat fut indécis jusqu'à la fin, mais, d'un dernier coup de collier, la Lionne terrassa sa rivale qui s'agenouilla dans l'herbe et demanda grâce en beuglant.

Une clameur salua la victoire, puis l'attention se concentra sur la Boucle qui s'approchait à petits pas, secouant la tête, mugissante et baveuse. La Lionne releva ses cornes, flaira à distance la vieille lutteuse aux défenses cerclées de fer, mais, à la stupéfaction des spectateurs, elle ne chercha pas le combat, descendit jusqu'au bord du ruisseau et but longuement, relevant la tête à chaque goulée, soufflant des naseaux, la queue battante, relevée sur les reins.

Napoléon triomphait.

— Elle caponne, ta reine, elle caponne !... Je te l'avais bien dit, tu as tort de l'opposer à la Boucle !

Fernand, stupéfait de la défection de sa bête, voulut la ramener au combat, mais les autres s'interposèrent :

— Non! Laisse, Fernand! Faut pas t'en mêler. C'est aux vaches de décider, pas à nous. D'ailleurs, ne t'inquiète pas, c'est pas terminé, tu vois bien qu'elle est astucieuse, ta vache; elle se repose, elle boit, elle reprend des forces.

La Lionne remonta paisiblement du ravin jusqu'à l'alpage et là, comme une vulgaire vache laitière, se mit à brouter. Cela ne faisait pas l'affaire des parieurs qui l'encourageaient de la voix.

— Allons, Lionne, vas-y! Allez! Kiss! Allez... au combat!

La Boucle, toute surprise, observait cette inconnue à la montagne de Charamillon qui semblait la dédaigner, elle! la reine de cet alpage, et broutait sans se gêner à quelques pas. Elle résolut de lui donner une sévère correction pour ce manque de respect et cette atteinte à sa dignité.

Passant derrière, elle décocha traîtreusement un grand coup de cornes dans les reins. Surprise par cette attaque imprévue, la Lionne s'était retournée d'un bloc, dans une volte-face incroyable de rapidité et, le museau à ras de terre, soufflait bruyamment en piétinant sur place.

— Elle attaque! elle attaque!... bravo! hurlaient les étranges *aficionados* de la montagne.

Ayant flairé une adversaire digne d'elle, la Boucle se prépara au combat; tête basse, elle chercha à se placer selon sa tactique dans la pente, au-dessus de sa rivale.

— C'est pas juste! la pente est trop raide ici, cria Boule, conduisez vos vaches sur le plat, que les chances soient égales.

— Laisse, dit Fernand, le combat a lieu là où les vaches se cherchent. Laisse faire, j'ai confiance!

Pierre, trop passionné, s'approchait jusqu'à moins d'un mètre des deux bêtes qui s'observaient, et restaient face à face sans bouger leurs cornes, à peine distantes de quelques décimètres.

— Recule-toi, Pierre ! hurla Napoléon, tu vas déranger l'engagement.

— Ça va, ça va, crâne pas, je me recule.

L'air paraissait chargé d'électricité, et les hommes étaient plus énervés peut-être que leurs bêtes.

Le combat commença.

La Boucle poussa un petit meuglement bref comme un défi, et, sournoise, attendit le premier choc.

Novice à l'alpage et ne connaissant pas les roueries de la vieille combattante, la Lionne se précipita de tout son poids sur l'autre, cherchant à emmêler ses cornes ; le choc des deux frontaux fut terrible et rendit un bruit sourd et creux. La Boule accusa le coup les reins arqués, l'encolure plissée, les pattes de derrière arc-boutées dans la terre. La Lionne s'était heurtée aux deux extrémités acérées des cornes et de son frontal déchiré coula une large traînée de sang, qui dégoulina dans ses naseaux ; elle poussa un beuglement de douleur, presque un râle, rompit le contact une seconde et revint à l'assaut. La Boucle supporta le second coup de boutoir sans fléchir, et l'autre parut décontenancée par cette impassibilité apparente. Elle chercha une nouvelle tactique, avançant tout doucement, la tête de travers, cherchant à forcer la terrible défense de sa rivale. Sans charger, la Lionne pesa de tout son poids sur les cornes adverses, mais vainement ; d'un léger revers, la Boucle lui ouvrit une large estafilade sous l'oreille. Courageuse, la Lionne ne lâcha pas prise et, bien que le sang inondât son mufle, elle accentua sa pression, cherchant à faire lâcher pied à l'autre. Ses quatre pieds enracinés dans la glaise, la Boucle subissait sans broncher cette poussée gigantesque. Elles restèrent ainsi cornes liées pendant plus de vingt minutes, sans désunir une seule fois leur terrible effort ; elles se fatiguaient visiblement, mais la Boucle semblait la plus fraîche. Le pelage noir et fauve de la Lionne se marbrait de sueur ; une mousse blanchâtre coulait de ses fanons et de son poitrail épais ; ses yeux exorbités étaient entourés de plis concentriques, et de sa queue elle se fouettait nerveusement les flancs. Le combat n'en finissait plus.

Les parieurs haletaient d'émotion.

Napoléon du Lavancher, surexcité, encourageait sa reine de la voix, allait et venait tel un fou en gesticulant, et comme un vieux paysan de Servoz s'était permis de douter de l'issue du combat, il l'empoigna dans un farouche corps à corps ; les deux hommes allèrent rouler dans l'herbe, aux pieds des deux reines. Il fallut les séparer.

Cependant le combat entrait dans une nouvelle phase. La Boucle, en apparence immobile, faisait reculer imperceptiblement la Lionne ; elle utilisait son encornure particulière pour appuyer des pointes sur les blessures de sa rivale, devinant l'endroit de cette chair à vif qu'il fallait tarauder davantage encore. Et puis, appuyée sur les plaies saignantes, d'un bref coup de tête elle vissait ses longues cornes sur le frontal meurtri.

Le combat était devenu inégal, quelques spectateurs intervinrent :

— Arrête ta vache, Fernand ! conseillaient-ils, tu vas l'estropier définitivement.

Mais l'autre, entêté, ne voulait rien savoir.

A force de peser de tout leur poids sur le sol spongieux de l'alpage, les deux bêtes piétinaient maintenant dans une boue glaiseuse qui les entravait jusqu'aux jarrets ; à chaque coup de sabot, la terre humide éclaboussait les combattantes et les caparaçonnait de boue. Insensiblement, la Boucle, augmentant sa poussée, cherchait à faire reculer sa rivale jusqu'au bord du ravin où l'autre, prise à revers, perdrait pied immédiatement. Les hommes, saisissant la manœuvre, suaient d'angoisse en notant chaque phase de ce combat de mastodontes.

Tout à coup, alors qu'on la croyait vaincue, d'un suprême effort, la Lionne, cambrée sur son arrière-train, força de toute sa masse sur les cornes de la Boucle, et en une passe rapide comme l'éclair réussit à engager l'une de ses cornes sous l'oreille de sa rivale.

Dans une lente torsion de tout son être qui la faisait frissonner du museau aux jarrets, elle réussit à visser, à tordre méthodiquement, le cou de l'autre; alors, tout changea. Prise à son propre piège, enferrée par son encornage défectueux, la Boucle n'arrivait plus à se dégager et subissait en renâclant, en beuglant à mort, cette attaque imprévue. Ses vertèbres tordues craquaient et se distendaient; elle dut plier les genoux, et l'autre poussait toujours, les yeux vitreux; d'énormes veines se gonflaient sur l'encolure et le poitrail, à croire qu'elles allaient éclater, la sueur coulait de la robe en traînées visqueuses. Il y eut un craquement bref, les spectateurs virent une corne déchaussée voltiger en l'air, tandis qu'un flot de sang jaillissait et inondait le front mutilé de la reine déchue.

Une longue clameur monta de la foule à laquelle répondit le beuglement de joie de la Lionne, un beuglement long et irrité comme celui d'un taureau au moment du rut.

La Boucle, rompant le combat, secoua sa tête où se figeait en gros caillots noirâtres le sang répandu, partit honteusement au petit trot, et se perdit au milieu du troupeau.

La nouvelle reine, épuisée, sanglante et les flancs secoués de soubresauts convulsifs, se dressa de toute sa hauteur sur un tertre, lança de brefs meuglements pour appeler ses compagnes et leur affirmer sa souveraineté; puis elle traversa le troupeau en galopant, alla d'une bête à l'autre, flairant et renâclant. Mais partout le vide se faisait devant elle, et, ayant délogé quatre vaches qui paissaient le meilleur coin de l'alpe, elle se mit à brouter paisiblement.

Le fromager remit le montant des enjeux à Fernand et à Pierre, et les spectateurs vinrent féliciter l'heureux propriétaire de la nouvelle reine. Puis, comme il se faisait tard, les montagnards, le parapluie en bandoulière, le bâton à la main et le sac au dos, dévalèrent à grands pas le sentier de l'alpage pour regagner la vallée.

Napoléon, ayant retrouvé sa bête, lui passa un licol et disparut pour la conduire à l'abattoir.

Pierre, réunissant ses camarades, donnait le signal du départ, mais Fernand l'arrêta :

— Attends! attends! Pierre, ne te presse pas; il faut arroser notre victoire et, puisque nous sommes tous ensemble, c'est l'occasion ou jamais; commandons à souper au chalet, et demain on ira faire une balade, qu'en dis-tu?

— Riche idée, approuva Georges à la Clarisse.

Pierre aurait bien voulu refuser, mais le souvenir des heures très douces du début de l'après-midi lui revint en mémoire. « Ce serait merveilleux, songea-t-il, d'avoir deux grands jours à passer en vrais amoureux. » Il interrogea :

— Restes-tu avec nous, Aline?

— Naturellement, répondit Fernand, j'ai prévenu la maman avant de partir; c'est permis.

— Seulement, moi je n'ai pas prévenu chez nous, dit Pierre, et je ne voudrais pas que ma mère s'inquiète comme le jour où j'ai été faire l'imbécile dans les rochers du Brévent. Et puis, il y a Alice...

— Écoute, Pierre! pour une fois que tu prends du bon temps, il te faut rester avec les autres, proposa gentiment la petite sœur. Je vais redescendre et j'expliquerai la chose à la maison.

— Vrai! ça ne t'ennuie pas de faire la route toute seule? Il est vrai qu'il fait nuit très tard — et puis tu dois pouvoir attraper un train à Montroc. Alors, entendu! Dis à la maman que toute la bande se promène... Mais, à propos, où ira-t-on demain? interrogea-t-il avec un peu d'inquiétude.

— Si nous traversions des Posettes sur le Col des Montets? proposa Georges. C'est une belle promenade, la vue est superbe.

— Dans ces conditions, ça va, conclut Pierre, rassuré.

— A r'vi à tous ! fit Alice.

Elle passa son léger sac et, prenant son élan, dégringola comme un cabri à travers les rhododendrons, en vraie fille de la montagne ; les autres la suivirent du regard jusqu'au rebord de la croupe qui plonge sur le village du Tour et masque le haut de la vallée. Avant de disparaître à leurs yeux, elle se retourna, agita son foulard à bout de bras, et poussa un gai jodel.

8

Le souper fut joyeux. Le tenancier du chalet avait préparé une magnifique potée de viande fumée ; chacun buvait et mangeait de bon appétit et les propos fusaient librement. Ils étaient seuls dans la petite salle et le silence relatif contrastait avec l'animation inusitée de cette première journée de l'alpage.

Ayant terminé leur repas, ils sortirent sur l'alpage désert. Tout était calme et silencieux. Et cette paix n'était troublée, de loin en loin, que par quelques tintements de clochettes assourdis, s'échappant des étables où ruminaient les troupeaux.

Sur la montagne passait un souffle puissant venu de l'est, qui ployait au passage les herbes hautes et faisait vibrer en ondes alternées, claires et sombres, les alpages du plateau. C'était comme la moirure d'un calme étang tout en verts tendres et violents, poussée par la brise et sans cesse renouvelée. L'alpe était transformée en un immense tapis mouvant et chatoyant.

Les jeunes gens gagnèrent l'arête toute proche du chalet qui domine la combe de Varmène ; de ce point, la vue s'étendait, illimitée, sur la haute chaîne. Georges à la Clarisse et Fernand, repris par leur véritable passion, discutaient déjà courses nouvelles et bambées impressionnantes.

— Pourras-tu vraiment grimper? s'inquiéta Fernand. As-tu essayé?

— Oui! Aux Gaillands, ça marche très bien. Évidemment, je n'ai pas la souplesse que me donneraient mes bouts de pieds si je les avais encore, mais je peux te dire que lorsque j'ai casé un clou sur une prise, ça tient. Et puis, je me sers beaucoup plus des mains et je crois qu'avec de l'entraînement je vais acquérir une force extraordinaire dans le bout des doigts; quand ma main croche, rappelle-toi que je ne suis pas près de dévisser.

Changeant le sujet de la conversation, Fernand interrogea Georges :

— Dis-moi, sais-tu pourquoi nous sommes restés ici ce soir?

— A cause de Pierre. J'ai bien deviné. Il me paraît d'ailleurs avoir meilleur moral depuis aujourd'hui. L'amour peut très bien guérir le vertige. Non, mais! regarde ces tourtereaux!

Pierre et Aline continuaient leur tête-à-tête amoureux. Ils s'étaient assis un peu à l'écart des autres et disaient à voix basse des choses qui devaient être bien douces à entendre, à en juger par l'éclat plus vif des yeux de Pierre et la joie pétillante d'Aline.

— Oui, continua Fernand, il s'est repris et je crois qu'avec l'aide de ma sœur il trouvera goût à la vie. Faudrait qu'ils se marient à l'automne. Seulement, si en attendant on pouvait lui redonner confiance... aussi, motus! (Et Fernand mit un doigt sur sa bouche.) J'ai un plan : demain on passera au pied de l'Aiguillette d'Argentières et tu prétexteras que tu veux essayer ta forme. Ton exemple le stimulera, et ce serait bien le diable si on ne réussit pas à le faire grimper. Bien encadré, il aura confiance. Qu'en dis-tu?

— Hum, il est têtu, le bougre.

La fatigue de la nuit précédente passée presque tout

entière à pousser le bétail se faisant sentir, ils regagnèrent le chalet. Avant de quitter la crête, Boule, dressé sur ses courtes jambes, jeta un joyeux refrain tyrolien dans l'air du soir.

Les lumières de la vallée scintillaient déjà dans le crépuscule interminable, et le vent frais s'était levé, qui sifflait dans les encoignures de la cabane.

— Je vais vous conduire à la grange, leur dit le gardien, faites bien attention à ne pas mettre le feu.

Ils montèrent en riant, un bougeoir à la main, l'étroite échelle qui conduisait au fenil et chacun fit son trou dans le foin.

Personne ne voulut remarquer que Pierre creusait le sien tout près d'Aline, et lorsque Boule eut soufflé la bougie, le bruit des respirations, mêlé au bruissement du vent sous les ardoises de la toiture, peupla la soupente, pleine de courants d'air.

Rendu hardi par l'obscurité, Pierre se rapprocha d'Aline qui, confiante et heureuse, reposa sa tête sur l'épaule de son fiancé. Il l'embrassa tendrement et, la sentant s'endormir pelotonnée dans ses bras comme pour y chercher protection, devina le sourire qui se dessinait sur les lèvres entrouvertes; et comme elle paraissait heureuse ainsi, il la rejoignit dans son rêve.

9

— Debout! debout! crie Georges à la Clarisse, en secouant la poussière de foin qui lui rentre par le cou, par les manches, et saupoudre ses cheveux. Vite en bas! Fait déjà grand jour!

En un clin d'œil, la troupe est debout et descend comme une avalanche le raide escalier de bois. Après une rapide collation, ils s'élancent comme des collégiens en vacances à travers les alpages; ils vont et viennent sans discipline, Georges à la Clarisse en tête, raidi sur ses pieds-bots ; il marche bien, et semble prendre plaisir à forcer l'allure.

— Qu'est-ce que ça serait si on ne t'avait pas coupé les pieds ! remarque judicieusement Boule ; on ne pourrait pas te suivre. T'as mangé du lièvre à la clinique, pas possible !

Lorsqu'ils atteignent les vacheries de Balme, les troupeaux sortent dans un halo de buée et l'immense carillon alpestre reprend possession de la montagne en fête.

Ils montent à travers landes et rocailles jusqu'au signal des Posettes.

Bien qu'ils soient tous un peu blasés par l'habitude, ils ne se lassent pas de contempler l'inoubliable panorama des cimes. Aline, qui sort très rarement, laisse fuser son admiration et sa joie ; elle bondit au bras de Pierre et lui répète comme une petite fille qu'on emmènerait pour la première fois à un spectacle espéré :

— Je suis heureuse ! Pierre, je suis heureuse ! J'aime tant la montagne ! Lorsque nous serons mariés, tu ne me laisseras pas à la maison, tu m'emmèneras en course ?

— Certainement, chérie ! répond Pierre, comme pour se persuader lui-même de la chose.

Quittant les gazons ras des alpages, ils pénètrent sous les mélèzes habillés, vert tendre, de leurs fraîches pousses printanières ; les chants d'oiseaux s'élèvent de toutes parts. Incorrigibles chasseurs, Boule et Paul cherchent à dénicher les coqs de bruyère qui gîtent sous les basses branches des vernes. En face se dresse, rougeâtre et déchiquetée, la chaîne des Aiguilles Rouges.

La petite bande déboule maintenant dans l'ombre de la forêt et atteint rapidement le Col des Montets, ce couloir dramatique, où tout l'hiver roulent des avalanches, lieu sauvage tranché par un courant d'air violent qui s'y engouffre et déferle sur la Vallorcine.

Après une brève halte à l'hôtel du Col, Pierre et ses compagnons reprennent la montée sur le versant des Aiguilles Rouges. Un court sentier, à peine visible, se faufile à travers les buissons, contourne un énorme bloc erratique surmonté d'un coquet moëntieu de mélèze bruni, et monte en écharpe le long de la montagne. Après un court passage dans un berceau de mélèzes, le sentier, devenu raidillon, vient buter contre d'immenses dalles de rocher poli qui barrent l'horizon au-dessus des têtes. Il semble à première vue qu'on ne puisse franchir l'obstacle, et cependant il existe dans ces falaises des gorges cachées, de petits couloirs gazonnés très raides, par lesquels la piste gagne l'alpage supérieur des Chéserys.

La montée en plein soleil est pénible, les fronts se mouillent de sueur et la caravane fait halte au pied de la grande paroi. Là se dresse, comme par hasard, un énorme chicot de roc détaché de la masse principale de la montagne.

Haut de trente mètres sur sa face nord et plongeant de près de cent mètres vers la vallée, il pointe fièrement vers le ciel une cime tronquée. Sur ses flancs s'accroche, ainsi qu'une épine sur le tronc d'un rosier, une méchante petite canine de quinze mètres à peine, hauteur calculée depuis la brèche qui sépare les deux sommets. Ce hérissement de roc est un terrain d'entraînement favori pour tous les grimpeurs ; divers passages ont été ouverts par de jeunes guides audacieux et l'on y trouve une grande variété de difficultés, depuis la classique voie normale jusqu'au terrible surplomb de la minuscule face nord. Et voilà qu'en posant les sacs au pied de l'Aiguillette, Georges à la Clarisse déclare négligemment :

— Puisqu'on est là, si nous en profitions pour nous faire un peu les muscles ? Bonne occasion, qu'en dites-vous ?

— D'accord ! répondent tous les autres, sauf Pierre.

— Chic ! fait Aline, j'ai tant envie de grimper.

Pierre trouve la chose peu à son goût, il commence à s'inquiéter.

— Montez si vous voulez ! dit-il d'un air dégagé. Je

vous regarderai d'en bas ; je vous ai déjà dit que ça ne me disait plus rien.

— Laisse-toi faire, Pierre ! sollicite Georges à la Clarisse ; tu sais bien qu'on avait décidé de recommencer ensemble.

— Commencez d'abord !

Fernand, Boule, Paul, Georges sortent des sacs les cordes, mousquetons, anneaux et pitons. En voyant apparaître tout ce matériel savamment préparé, Pierre devine la conspiration amicale.

— Vous m'avez eu ! dit-il. Bon ! je vais essayer. (Puis il ajoute tristement :) Mais si par hasard ça me prend, ne vous payez pas ma tête.

— Bravo, Pierre ! J'étais sûre de toi, tu verras ! ça ira tout seul. Tiens ! voilà ta récompense, je paie d'avance. (Et Aline plaque sur ses joues un gros baiser sonore.) Es-tu content ?

— Hum !...

— Par où commence-t-on ? s'informe la jeune fille.

— Par la voie la plus facile, déclare Georges, et c'est moi qui monte en premier ; tu vas voir, Pierre, un cul-de-jatte peut encore se débrouiller quand les doigts tiennent bon.

Paul s'inquiète un peu :

— Fais attention, Georges ! Tu devrais laisser passer l'un de nous en tête pour tes débuts.

— Non, mes amis, non ! Si je voyais quelqu'un en haut, j'aurais la certitude d'être assuré et ça me donnerait trop confiance ; je veux voir ce que je peux faire. D'abord, ajoute-t-il, méprisant, la voie normale c'est de l'enfantillage.

Il s'attache à trente mètres et commence l'escalade ; il monte avec précaution, tâtant solidement le rocher de ses gros doigts nerveux, et plaçant ensuite comme il le peut ses moignons de pieds sur les prises. Il tâtonne et n'arrive pas à les trouver. Comme ces amputés d'une jambe qui ont toujours froid aux deux pieds, il éprouve la sensation d'avoir un pied normal. Mais quand il croit le poser sur les rebords du rocher, il ne rencontre que le vide.

Cependant il s'élève, et le voici qui sort par un grand pas vers la droite, sur l'arête de l'Aiguillette. Ses mouvements se font plus précis; il commence à s'éloigner davantage du rocher, à moins se coller contre la paroi, la confiance renaît en lui et c'est par un cri joyeux qu'il annonce fièrement :

— Arrivé!... pouvez monter.

Fernand, prenant Pierre par le bras, lui désigne la voie d'ascension :

— Tu as vu? Quel type, hein! Presque aussi bon qu'avant... Toi aussi tu redeviendras comme avant... tiens!... attache-toi!

Pierre s'encorde avec répugnance. Un sourd malaise s'empare de lui; il hésite visiblement, mais Fernand l'a précédé et tire la corde.

— Viens! suis-moi.

Et derrière, sans attendre d'ordre, Boule s'est collé à ses talons pour prévenir toute défaillance. On dirait qu'ils encadrent un petit enfant, ou bien un client à la vie précieuse qu'on leur aurait recommandé tout spécialement. Pendant les dix premiers mètres, cela va tout seul; Pierre se colle au rocher et comme il n'a pas, à proprement parler, de vide sous lui, il monte lentement mais avec assurance, tâtant les prises, et Boule, qui vient buter de la tête contre ses pieds, lui lance des encouragements :

— Tu vois! ça va tout seul.

— Tout seul, tout seul, si on veut!... grogne Pierre; avec Fernand qui me tire comme un paquet, sans me permettre de déraper même d'un centimètre, et toi qui me poses les pieds dans les marches, il faut bien que ça aille... Mais si j'étais en tête?

— Ça viendra!... ça viendra... si tu nous écoutes; ne cherche pas à vouloir tout manger à la fois.

Les trois hommes abordent la petite traversée. D'un bond, Fernand chevauche l'arête et s'élève de quelques mètres pour assurer sa corde autour d'un petit bec rocheux ; il tend ensuite la ficelle et incite Pierre à venir. A son tour, Pierre fait le grand pas qui l'amène sur la petite crête aérienne et l'enfourche machinalement. Il appuie sa tête sur ses mains crispées sur le rocher, tout à coup repris par l'inquiétude ; quelques mètres seulement le séparent du sommet, quelques mètres aériens, car l'Aiguillette s'est effilée, et Pierre domine la face sud, assez vertigineuse ; il fait un terrible effort de volonté pour se reprendre. Placé au-dessus de lui, Fernand l'observe, le voit pâlir et fermer les yeux ; il ne dit rien, mais fait signe à Boule de grimper rapidement à côté du malade. Boule, suspendu par les mains dans une invraisemblable position, masque de tout son corps l'à-pic qui trouble son ami. Pierre ne bouge pas ; on dirait un lézard collé sur un rocher surchauffé de soleil.

— Tu roupilles, Pierre ? l'apostrophe Boule.

— Ça me reprend !

— T'en fais pas ! L'Aline est en bas et elle ne te voit pas.

Sur la cime, on entend chanter joyeusement le mutilé :

> Là-haut sur la montagne,
> L'était un vieux chalet...
> Murs blancs, toits de bardeau,
> Devant la porte un vieux bouleau.

— Prends confiance ! dit doucement Boule, ne te presse pas ; la corde est tendue, je suis à tes côtés, ouvre les yeux et regarde par en haut ; nous sommes arrivés.

Pierre entrouvre les paupières et s'accroche comme un désespéré. Il lui semble être un naufragé réfugié sur une épave bercée par la houle. Toute la montagne s'est mise en mouvement et tourne, tourne autour de ce sacré piton de rocher ; glaciers, forêts, alpages dansent une ronde effrénée et même on dirait que l'Aiguillette oscille légèrement sur sa base. Atroce sensation qui le fait blêmir et se cramponner. Courageusement, il décide de poursuivre jusqu'au bout de l'expérience ; la présence de ses camarades le rassure :

— J'y vais ! dit-il brièvement.

Rapidement, Fernand s'est élevé en quelques bonds jusqu'à l'étroite plate-forme du sommet, pour y engager la corde dans un anneau fixe. Boule, derrière, se colle aux talons de Pierre. Pauvre Pierre !... Il oscille comme un homme ivre, tâtonne, et ses pieds se posent parfois à côté des prises, mais Boule d'un coup de main les remet en bonne place. Ces quelques mètres d'escalade lui paraissent interminables. Enfin sa tête dépasse le sommet et, d'un dernier rétablissement, il se couche sur la petite plate-forme. Boule lance un appel joyeux.

— Ça y est, Aline ! Il est en haut, tout a très bien marché.

Fernand ne dit rien. Il songe que le vertige est une bien terrible chose qui peut transformer en fantoche l'homme le plus courageux. Jamais il n'a compris aussi fort qu'en ce moment l'immense détresse de son compagnon.

Guidée par Paul, Aline est venue les rejoindre ; elle grimpe comme un chat, et son visage est transfiguré par la joie.

— Regarde la frangine, une vraie fille de guide ! dit Fernand à Pierre. Au besoin, plus tard, tu pourras l'emmener comme porteur.

Pierre sourit tristement sans répondre.

Avant d'entreprendre la descente, Georges veut tenter une expérience :

— Dresse-toi sur le sommet, Pierre... oui ! debout !

L'autre fait un effort de volonté, se met à genoux, essaie de se relever sur l'étroit piédestal ; en vain... Voici que tout tourne à nouveau et que l'infernale sarabande du paysage recommence... Il renonce.

— Non ! Pas encore ; c'est trop pour un début.

— Il a raison, déclare Paul, faut aller doucement, très doucement !

On lance le rappel sur le surplomb nord. C'est une descente d'un seul jet de plus de vingt-cinq mètres et dans le bas surplombante; on tourne alors comme une araignée au bout du fil.

Boule descend le premier, agile comme un singe dans les cordes; puis Fernand fait signe à Pierre.

Pierre passe avec des gestes d'automate le rappel autour de son corps et se laisse glisser le long des cordes.

— Tu y es?

— Allons-y.

Il ferme les yeux presque tout de suite, dès qu'il sent le vide fuir sous ses pieds; il descend ainsi sans rien voir, faisant coulisser la corde par habitude, se heurtant aux surplombs, se déchirant les doigts au contact de la roche; il préfère ces petites misères à la vision effrayante du carrousel des cimes. Il atterrit brutalement dans une touffe de rhododendrons où il enfonce comme dans un duvet, et il lui semble revivre au contact de la terre ferme. Il ouvre les yeux comme s'il sortait d'un mauvais rêve, se débarrasse des cordes, et pousse un soupir de soulagement.

— Arrivé!

C'est au tour d'Aline. Elle n'a jamais fait de rappels de corde; Paul et Georges lui donnent des conseils. Elle est fâcheusement impressionnée à l'idée de se lancer ainsi dans le vide; cependant elle surmonte sa répugnance et s'élance, mais si maladroitement qu'elle rebondit et pendule le long du rocher, crispée sur la corde qui lui scie les reins.

— Je n'aime pas ça! crie-t-elle, dégoûtée.

D'en bas, Pierre la surveille; il a repris son sang-froid et c'est le guide qui parle en lui quand il crie des conseils:

— Allons, petite! desserre tes doigts, laisse filer la corde. (Il se fâche:) Veux-tu la laisser coulisser! (Puis il encourage:) Là! très bien... renverse-toi en arrière... le corps en équerre... fais comme si tu dansais...

(Il s'impatiente et piétine :) Mais regarde en dessous de toi, sacrée gamine, détache ton corps du rocher à grands coups de pied... Oui, c'est mieux ; au deuxième rappel, tu seras parfaite.

Aline roule dans l'herbe à ses côtés, et encore un peu inquiète et tout emmêlée dans les cordes, elle se jette dans ses bras.

— J'ai cru que ça n'en finirait plus ! (Puis revenant à une idée qui lui tient au cœur :) Tu vois, chéri ! tu peux très bien grimper, toi... Qu'en dis-tu ?

— Bien encadré comme je l'étais, ça peut aller, mais nous n'avons pas fait le plus difficile.

Georges à la Clarisse descend le dernier de l'Aiguillette, avec une assurance de vieux coureur de cimes.

— Pierre, dit-il gravement, si toi et moi nous ne regrimpons pas comme avant, c'est que nous n'avons aucune volonté... aucune !... t'entends ?... Ça serait trop facile de se dire fichus au moindre bobo.

— Tu as raison, Georges, mais tu sais, sans les autres je n'aurais pas été capable de grimper ! Déjà, j'ai eu un moment bien pénible.

— La forme reviendra, mon grand ; si tu veux, on fera des sorties de ce genre jusqu'à ce que tu te sentes sûr de toi. N'y a pas de meilleur remède !

Assis en cercle sur les dalles, au pied du rocher, les voici qui déballent les provisions, sortent les gourdes de vin, mangent, boivent et devisent gaiement. Le soleil a tourné la chaîne du Mont-Blanc ; un manteau d'ombre s'étend sur la montagne. Le courant d'air du Col des Montets vient lécher la grande paroi au-dessus de leurs têtes. Dans le lointain, sur l'autre versant, on entend comme en sourdine les carillons des alpages, couverts par la voix plus grave des torrents qui s'élève et domine toute cette pastorale, ponctuée par les fracas des glaciers craquant un peu partout aux flancs ravinés de la haute chaîne.

Grisés d'air et de joie, les jeunes gens se sont mis à chanter. Boule a commencé, et tous les autres ont suivi, chacun tenant sa partie. Du chœur des voix mâles et graves se détache le timbre frais et cristallin d'Aline ; au refrain, le jodel triomphant de Boule s'élève en surimpression musicale sur l'ensemble, comme un lied à la montagne qui se perd dans le murmure du vent.

Mais ces heures euphoriques ne peuvent pas durer. Georges à la Clarisse, toujours passionné, interrompt les chants, enroule ses cordes, fait activer les autres qui se prélassent.

— A la petite Aiguillette ! dit-il... ce sera une expérience décisive.

— Tu es fou, Georges ? s'inquiète Paul, pas pour un début, c'est trop difficile... on reviendra.

— Non ! tout de suite, pendant que nous sommes dans le feu de l'action.

La petite Aiguillette... Un chicot d'érosion accoté contre les flancs de la grande. Un simple roc : quinze mètres d'un côté, soixante mètres sur son plus haut versant. De la brèche qui sépare les deux Aiguillettes, il n'y a guère qu'une quinzaine de mètres d'escalade, mais si escarpés, si exposés, que peu de guides osent s'y lancer en premier ; on compte sur le bout des doigts les alpinistes qui ont forcé le passage, et au tableau des courses on l'a tarifé cent cinquante francs.

— Pour quinze mètres, c'est bien payé, déclare Boule.

— Ce n'est pas assez payé, répond Fernand. Cent cinquante francs pour risquer de se casser la gueule, c'est trop peu. A mon avis, on aurait dû laisser ce bout de rocher tranquille ; libre à ceux qui s'en croient capables d'y grimper, mais pourquoi exciter les jeunes, attirés par un gain rapide, à se lancer dans une telle aventure ?

— Tu as raison, Fernand, dit Pierre.

— Tu sais, reprend Georges, en ce qui me concerne, je l'ai gravi déjà trois fois ; c'est pourquoi vous pouvez me laisser faire.

— Moi, plusieurs fois, mais jamais en premier ! dit Fernand.

Ils se glissent dans une faille souterraine, une

curieuse cheminée en forme de puits, qui ressort par une ouverture juste au pied de la petite Aiguillette. Vu de cet endroit, le passage est d'une nudité effrayante.

Une dalle lisse vient mourir sous un surplomb; il s'agit de tourner ce surplomb par un pas très délicat et de se hisser, par une arête peu marquée, jusqu'au sommet. Quelques minutes pour un bon grimpeur; on passe ou on ne passe pas!

Sous le surplomb est fixé à demeure un piton de fer; c'est l'unique assurance du premier de cordée, mais qui ne l'empêcherait pas, en cas de chute, de faire un énorme pendule sur l'à-pic, dans une position d'où il serait bien difficile de le retirer. Quelques timorés préfèrent adopter une autre solution: d'un ressaut de la grande Aiguillette, ils jettent une corde par-dessus le sommet et se hissent en toute sécurité; mais ce procédé, peu élégant, nos gaillards le réprouvent.

Georges s'est dressé contre la dalle comme un lutteur qui examine son adversaire; il passe l'extrémité de sa corde d'attache à Fernand, qui l'assurera du mieux qu'il pourra, sans grande efficacité d'ailleurs. Avant de se lancer dans le passage, il tape contre le roc ses bottes ridicules, toutes rondes comme un large sabot et qui lui font des pieds d'éléphant; au couteau, il dégage la terre et l'herbe qui adhèrent contre les clous, aspire un grand coup d'air et part. Les autres le suivent du regard avec beaucoup d'inquiétude, mais ils reprennent confiance en voyant comme il s'élève en grand seigneur du rocher, utilisant au maximum les rares prises minuscules, ses gros doigts recroquevillés sur les petites anfractuosités, se reculant en équilibre pour mieux placer ses pieds mutilés sur les légères nodosités de la roche. Il gagne très rapidement le surplomb. Il lui faut maintenant le contourner par un pas excessivement délicat qui conduit à l'arête. On le voit hésiter un instant, puis, ayant calculé tous ses gestes, commencer la périlleuse traversée; la moitié de son corps disparaît à la vue, cachée par la convexité de la paroi; sa main gauche, qui seule est visible, est crispée solidement sur une prise.

Fernand, s'épaulant contre la montagne, surveille la corde qui a cessé tout à coup de filer entre ses doigts. Que se passe-t-il? Il ne peut rien voir d'où il est, mais Aline, qui a pris un peu de recul et surveille la progression du leader, avertit tout à coup ses compagnons :

— Pierre! Pierre! crie-t-elle, il est en difficulté; son pied ne tient pas, le soulier dérape comme s'il ne pouvait pas réussir à accrocher une prise!

Un souffle rauque, haletant, parvient jusqu'aux autres et souligne un effort désespéré, qu'ils ne peuvent que deviner. Ils observent anxieusement cette main qui s'accroche et qui est prise tout à coup d'un tremblement spasmodique.

— Nom de bleu! fait Pierre.

Et avant qu'on ait pu prévenir son geste, il s'élance sur la plaque, sans corde, sans être assuré. Aline retient au fond de sa gorge serrée le cri d'angoisse qui allait lui échapper. Fernand, conscient de son impuissance, transpire à grosses gouttes, et s'arc-boute sur la corde. Les autres, muets de surprise, attendent le drame inévitable.

En quelques bonds précis, Pierre s'est élevé jusqu'au surplomb. Il attrape la corde d'attache de Georges, et la noue au piton, puis il se lance dans la traversée, et le voici qui appuie de toutes ses forces sur la main de Georges pour l'empêcher de lâcher.

— Tiens bon! Georges, je suis là, vas-y! tu es assuré!

Il sent cette grosse main rugueuse toute crispée dans ses doigts et l'accompagne, tandis qu'elle disparaît. On entend comme un grand soupir et bientôt une voix, entrecoupée par l'émotion, crie :

— Passé!... Ouf!... Bon sang, reprend Georges, je ne pouvais pas faire tenir mes clous sur la petite prise, tu sais, de l'autre côté de l'arête. J'étais écartelé contre la paroi et je me fatiguais; si tu n'étais pas venu, j'aurais lâché...

— Monte vite! dit fébrilement Pierre, monte vite! je ne suis pas attaché.

Et Georges pense subitement que son camarade est en plein mauvais pas, sans être attaché, et que le vertige pourrait bien le reprendre; il escalade fiévreusement les derniers mètres, et, sans prendre de repos, lance sa corde à Pierre.

— Attrape.

L'autre saisit avec soulagement le filin, s'attache et continue l'escalade. Le voici à son tour aux prises avec le passage délicat. Le vide est sous lui, et pour la première fois, il regarde son adversaire bien en face; il ricane même... il lui semble que, dans l'émotion du sauvetage, quelque chose s'est dégagé dans son crâne, comme un voile qu'on aurait retiré... Oh! miracle... les mélèzes ne tournent plus, le carrousel s'est arrêté, le paysage est immobile, et l'Aiguillette qu'il étreint à plein corps est solidement massive et n'oscille plus de droite à gauche, lentement, sans arrêt, comme ce matin.

Il exulte et lance, comme un trille vainqueur, un perçant jodel qui s'épanouit et claque dans l'espace, et les autres, qui ne l'ont plus entendu chanter depuis si longtemps, restent tout choses... Dans sa petite niche de rocher, semblable à une petite madone italienne, avec son foulard noué sous le menton, Aline pleure doucement, mais ce sont des larmes de bonheur qui perlent le long de ses joues et qu'elle n'essuie même pas.

Fernand cligne de l'œil à Boule.

— Hein! on l'a eu, le docteur.

Seul, Paul Mouny, le sage de la bande, grommelle et ronchonne:

— Bande de fous!... vous casser la figure, oui!... et ça a bien failli arriver... On n'a pas idée de faire des rochers pareils quand on n'a plus que des moignons en guise de pieds! Et l'autre qui fiche le camp comme ça dans la dalle sans se faire assurer! sans précautions... et ça viendra vous dire après que ça craint le vertige... Jamais vu ça!... jamais!...

— Tu viens, Paul, dit Fernand, on leur porte une bouteille au sommet, ils l'ont bien méritée.

— Fais-toi lancer une corde.

— Jamais de la vie! crie Fernand. Boule, prends le sac; moi, je m'en vais... adieu donc!

Et le voici qui grimpe en chantant, trouve miraculeusement les prises, et disparaît derrière le surplomb. On l'entend chanter sans arrêt, il chante encore lorsque, cinq minutes après, il se redresse sur le sommet, et donne une grande claque dans le dos de Pierre.

— On l'a eu... on l'a eu, le toubib!

Maintenant que le feu de l'action est passé, que son camarade est hors de danger, Pierre est envahi par un nouveau malaise. Voici qu'à nouveau tout se met à tourner autour de lui; il ferme les yeux, un profond dégoût lui monte aux lèvres; il se pelotonne dans un petit creux de rocher et plaque sa tête contre la roche toute chaude de soleil. Les autres le regardent. Il est pâle. Du geste, il leur impose silence.

— Ce n'est rien... le dernier coup... ça va passer.

Boule fait sauter le bouchon, verse le crépy pétillant dans les quarts, et comme il se croit obligé de porter un toast, il ajoute :

— Aux prochaines grosses bambées, les gars!

En bas, Aline réclame :

— Alors? Vous m'oubliez?

— Reste! Aline, c'est trop dur pour toi, on te rejoint.

Ils dévalent par le rappel et reprennent pied sur la plate-forme. L'ombre est maintenant très fraîche, et Pierre sent comme par enchantement s'apaiser tous ses tourments; un calme profond, une sérénité sans égale l'envahit.

— Vois-tu, Georges, sans toi je n'aurais jamais pu réagir; mais quand je t'ai vu si courageux, je me suis forcé; je ne suis pas encore guéri, mais je sais maintenant que je pourrai à nouveau grimper; alors, si tu veux... on continuera?...

Georges lui donne une amicale bourrade dans les côtes.

— Quand tu voudras!... Je te dois bien ça, tu viens de me sauver la vie.

— T'inquiète pas... tu auras tout le temps de me rendre le même service. Dans notre métier de guide, c'est chose courante.

Ils ont repris le chemin de la vallée. Le soleil se retire lentement de la terre, quelques nuages flottent sur les flancs de la haute chaîne. Au-dessus, tout est doré et brûlé de soleil ; en bas, c'est un crépuscule bleuté dans lequel se confondent les prairies et les rocs, les forêts et les glaciers, et que tranche le fil d'argent du torrent à travers les sapinières.

10

Tout ce versant de la montagne semble plongé dans l'ombre. Le soleil, dans sa course immuable, a tourné les contreforts de la forêt ; alors qu'il éclaire crûment les glaciers et les Aiguilles, seuls quelques rayons tamisés, éparpillés comme une gerbe d'étincelles, parviennent dans cette conque humide et moussue où le lac des Gaillands épanche ses moirures d'huile. Les ramures des trembles friselisent dans le couchant de tout le clinquant de leur vif-argent. Parfois, une truite bondit sur le calme de l'étang transparent, gobe une mouche et disparaît dans un remous ; quelques cercles s'élargissent alors et vont se perdre en ondes minuscules sur la berge à pic où s'inclinent de hautes herbes. Une grenouille se détend et se plaque dans les gazons perlés.

L'immense falaise, envahie par une exubérante végétation, s'élève, tourmentée, creusée de fissures et de cheminées jusqu'au paisible accueil de la grande forêt. Les dernières branches des sapins se penchent comme une frange sur ses à-pics décharnés.

Pierre Servettaz replie avec lenteur ses cordes et les vérifie minutieusement avant de les passer à Georges à la Clarisse, qui les range bien en ordre sur son sac. Tous deux viennent de s'entraîner sur les passages les plus difficiles des rochers des Gaillands. Les espadrilles de Pierre sont terreuses et effilochées, et lui-même est encore tout saupoudré de terre et de feuilles mortes, récoltées en luttant contre les surplombs encombrés de ronces. Georges à la Clarisse vient d'essayer une nouvelle paire de chaussures spéciales, exécutées tout exprès pour lui et comportant, en guise de clous, un épais bourrelet de caoutchouc. « De vrais pneus ! » lui a dit Pierre. Ils sont las et heureux tout à la fois d'avoir forcé des passages excessivement difficiles : le Grand Surplomb, la cheminée Steiger, le Grand-Dièdre Rouge. Pierre s'est tiré à son honneur de toutes ces difficultés. Ce n'est plus le fantoche d'il y a deux mois ; il a retrouvé le contrôle de ses nerfs, et si parfois un vague malaise l'inquiète encore, il acquiert à chaque nouvelle escalade un peu plus de confiance en lui-même. Cependant, tous deux n'ont pas encore osé se lancer dans une grande course en altitude.

Ce soir, ils se sentent fin prêts, comme on dit par ici. Assis parmi les gazons humides qui bordent le lac, dans ce cadre romantique du petit étang blotti contre la montagne et invisible de la route, ils devisent calmement.

— Regarde les Aiguilles, Pierre, dit Georges. Elles sèchent rapidement ; les couloirs de neige n'ont jamais été en aussi bonnes conditions. Faut se décider... Le temps s'est stabilisé au beau, les jours sont longs, je me sens en forme, et pour ta part, tu peux désormais passer partout.

— Pas sûr, Georges, pas sûr !... Je me demande comment je me comporterais dans un véritable couloir de glace, avec la pente qui fuit en dessous sur plus de mille mètres. Déjà, quand j'étais normal, j'appréhendais de m'y aventurer... alors, maintenant ?

— Pour le savoir, faut y aller, reprend Georges. Que dirais-tu d'une grande, grande course ? Tiens ! par exemple, la face nord de l'Aiguille Verte ? Le couloir d'Argentières doit être en excellentes conditions ; il a juste été fait une ou deux fois... Si nous réussissons, nous sommes bons pour recommencer les courses.

— Ne crains-tu pas que ce soit un morceau trop dur à abattre ? Et puis, il n'y a pas de rochers difficiles, c'est de la neige !

— Raison de plus ! C'est la vraie grande course, avec de la glace et de la neige ; un effort prolongé, une pente vertigineuse sur plus de mille cinq cents mètres de hauteur, avec des rochers verglacés, des marches à tailler et un retour difficile par la voie normale. Une belle traversée, tu sais ! Ça ne te tente pas ?

— Si ! Mais j'éprouve comme une sorte d'angoisse à l'idée de m'y lancer.

— Faut vaincre ça ! Inutile de chercher le rocher. Maintenant, tu as fait tes preuves ; je sais que tu passeras partout, et de mieux en mieux à mesure que tu avanceras dans la belle saison... Mais une vraie montagne... Un beau quatre mille... Il faut que nous en tâtions !...

— D'accord ! Si tu veux, on pourrait le dire à Fernand et à Boule.

— Non ! c'est justement ce qu'il ne faut pas faire. S'ils venaient, on compterait trop sur eux ; moi avec mes guibolles amochées, toi, avec tes oreilles qui bourdonnent. Tandis que si on fait ça tout seuls, livrés à nous-mêmes, on prouvera ce dont on est capables.

— Tu as raison ; il faut en finir. On va coucher au Jardin d'Argentières ?

— Oui.

— Quand ?

— Demain soir. Mais surtout ne dis rien aux autres.

Ils reprennent la route de Chamonix, et la démarche souple et féline de Pierre, chaussé d'espadrilles, contraste avec l'allure saccadée de Georges, qui trottine sur ses moignons. Ils se quittent comme des conspirateurs à l'entrée du bourg.

— A demain, Georges !

— A r'vi, pas !

11

Le lendemain.

Pour ne pas éveiller les soupçons, ils sont partis séparément : Pierre à bicyclette, Georges par le petit train électrique qui ronronne à heure fixe dans la vallée.

Ils se sont donné rendez-vous sur la moraine du glacier d'Argentières, à cette grosse pierre qui constitue le premier jalon du sentier de la montagne de Lognan. Pierre y arrive le premier, en pleine heure chaude de l'après-midi. Son sac est pesant ; il le laisse glisser à terre avec soulagement et s'accote contre le bloc erratique, scrutant les lacets du sentier tout en épongeant son front ruisselant. Bientôt, il reconnaît, à quelques lacets au-dessous de lui, la silhouette de Georges courbé sous une énorme taque. Ils s'abordent sans rien dire. Georges s'assied à côté de Pierre, souffle, remonte les manches de sa chemise sur ses bras musclés, puis, désireux de rompre le silence, lance un lazzi qui retombe dans le vide.

— Mince de sirocco, Pierre ! Mais ça tiendra, le vent vient d'est.

Pierre juge inutile de répondre pour l'instant ; il vide son sac et en fait l'inventaire.

— J'ai pris une fine cordelette de soixante mètres, dit-il, au cas où on aurait une mauvaise rimaye à franchir à la descente. Pour l'attache, as-tu pris ce qu'il faut ?

— Oui ! Quarante mètres en onze millimètres.

— Ça va ! Et les pitons à glace ?

— J'en ai douze. Même que ça pèse rudement, et avec ça quatre mousquetons, plus la cagoule, plus les crampons, les mitaines, les lunettes, quel barda !

— J'ai tout ça, moi aussi. On pourra bivouaquer s'il le faut.

— Faut tâcher d'éviter le bivouac. La nuit doit être glaciale à quatre mille.

— Baste !... bien habillés...

Ils repartent à pas très lents, longent la rive gauche du glacier. Le sentier monte à travers des mélèzes clairsemés et se faufile entre deux gorges étroites par où cascadent de furieux torrents grossis par la fonte des neiges.

Les voici qui dépassent une fois encore la lisière supérieure des forêts. Seuls quelques mélèzes rabougris s'essaient, mais en vain, de gagner de l'altitude. Tourmentés, rachitiques, brisés par les neiges et les gels des hivers, ils ont l'air de suppliants invoquant les divinités des cimes. L'alpage de Lognan étale ses landes de genévriers, de rhododendrons, très haut dans la montagne ; c'est un parterre de fleurs qui se perd dans les moraines croulantes ou vient mourir sur les glaciers ; d'énormes torrents blanchâtres sortent de ces derniers et déferlent en écumant dans les gorges étroites et cascadantes, et, vers l'est, le glacier d'Argentières s'écroule en une grandiose chute de séracs, où pilastres, colonnettes et corniches semblent d'ivoire fragile aux reflets de saphir.

Le chalet de Lognan, solide construction à deux étages, domine l'énorme chaos glaciaire ; c'est le gîte d'étape le plus rapproché pour entreprendre les ascensions dans le Bassin d'Argentières, mais Pierre et Georges ne feront qu'y passer. Dommage ! car la halte est accueillante et forte la tentation de rester là cette nuit, bien au chaud. Pierre, surtout, hésite :

— Si nous couchions ici, Georges ? suggère-t-il. Au fond, ça ne nous ferait perdre qu'une heure et demie de marche, et ça serait autrement confortable que cette affreuse cabane du Jardin, à moitié croulante et qui doit être, à l'heure actuelle, encore pleine de neige.

— Non! Une heure et demie de retard, c'est capital, Pierre, et tu le sais bien. Si nous voulons trouver une neige en bonnes conditions dans le haut du collu, faut partir. Reposons-nous! Restaurons-nous. Mais ensuite, quittons ces lieux.

Pierre n'insiste pas, il sait que Georges a raison et parle d'expérience. Ce qu'il n'avoue pas, c'est qu'il a maintenant très peur de s'aventurer là-haut. Ici c'était encore la vie, la civilisation. Il y a un excellent gardien; il y a des chambres, des lits, et du chalet, où la vue plonge directement sur la vallée, on peut même voir les prairies et les cultures et les petits chalets essaimés le long de l'Arve.

Et tout ça est bien rassurant pour un débutant, car Pierre se sent aujourd'hui une âme de débutant. Il lui semble qu'il fait connaissance avec la haute montagne. D'avance, il frémit en songeant à la raideur des pentes qu'ils auront à grimper demain; il frissonne par anticipation en pensant à la nuit solitaire qui les attend au fond du glacier silencieux comme une terre inconnue. Son angoisse morale se traduit par une gêne physique qui le rend plus lourd, presque maladroit. Georges s'en aperçoit; il connaît suffisamment cet état d'âme pour savoir que dans un instant le sens du confortable aura triomphé du goût de l'aventure, aussi abrège-t-il le séjour tentateur à l'hôtellerie.

— Allons! filons... Rester ici serait tout juste bon à nous faire boeller cette nuit.

Lui, par contre, se sent plein d'entrain. Une joie sauvage l'anime à l'idée d'aller combattre à nouveau sur les cimes.

Par le sentier qui commence au-dessus de l'hôtel, ils gagnent la grande moraine gauche du glacier. La piste court sur la crête même de la moraine; d'un côté, c'est la masse tumultueuse des glaces qui se brisent et s'entrechoquent dans une invraisemblable débâcle; de l'autre, le sourire et la douceur des prairies émaillées de gentianes, d'arnicas, de primevères... Contrastes!... Ici, la riante perspective de l'alpage, bordé par les candélabres compliqués des mélèzes, où les ruisseaux tissent des fils de nacre, où les perdrix chantent sous les vernes baignés de soleil; là, un monde polaire, fait de glaces et de granit, sur lequel souffle un vent glacial. Et ces deux natures si différentes se côtoient pendant presque une heure de marche, jusqu'à ce que la crête de la moraine s'amenuise au point de n'être plus qu'un petit renflement de cailloux gris qui se perd d'un seul coup dans l'énorme bastion de roc.

Prenant pied sur le glacier, ils marchent rapidement sur la glace vive damée de pierres brisées, puis bientôt réapparaissent les neiges anciennes, toutes jaunies par les fontes et ciselées par les eaux courantes. Georges va devant, suivi d'un Pierre Servettaz hésitant et silencieux. Déjà ce dernier se prend à regretter l'aventure; seul, un amour-propre terrible l'empêche de faire demi-tour, de tout lâcher et de courir vers la vallée. Il songe qu'en se dépêchant, il pourrait encore atteindre Argentières avant la nuit, mais il a honte de sa défaillance et rythme son allure sur la foulée brève de Georges; ce faisant, il aperçoit les pieds mutilés qui lui tracent la route comme on indique son devoir à un cœur faible. Comment songerait-il à fuir alors que Georges, là devant lui, montre l'exemple?

Peu à peu, la pente du glacier diminue. On dirait qu'il cesse brusquement un peu plus haut; une banquise de glace se dresse contre le ciel, tranchée nette, blanc sur bleu, comme le seuil d'un monde nouveau. Les deux alpinistes se coulent le long des rochers brisés, contournent quelques larges crevasses et, par une croupe de neige, prennent pied sur un plateau supérieur. Il se peut qu'il existe de par le monde des glaciers plus longs, plus élevés, plus tourmentés que celui d'Argentières. Il est impossible de ne pas frissonner d'émotion lorsqu'on débouche sur cette haute vallée glaciaire et presque horizontale, de sept kilomètres de profondeur, bordée d'une muraille de rocs et de glaces unique en France. Le contraste est si brutal entre la douceur maligne du plateau tout taraudé de fissures invisibles, et recouvert d'une nappe éblouissante de blancheur, et les à-pics d'un kilomètre, qui se poursuivent comme une barrière infranchissable sur toute la rive gauche du glacier! Et, dans le fond, une autre paroi, tout aussi redoutée, sépare la France de l'Italie et de la Suisse. Jamais triple point frontière ne fut choisi dans un endroit d'une pareille grandeur. Le Mont-Dolent qui sert de borne-frontière dresse sa mitre de glace à plus de mille mètres au-dessus du glacier.

Sur la rive droite, un peu plus de douceur s'offre au regard, c'est-à-dire des lignes moins verticales, moins inexorables; mais là aussi se dresse une barrière de rocs rouges, tourmentée, découpée, creusée de profondes gorges, où se faufilent de petits affluents glaciaires. Le regard revient sans cesse, comme hypnotisé, sur les faces nord, qui se succèdent, toutes plus énigmatiques les unes que les autres. Des audacieux s'y sont frayé des voies nouvelles; un à un, tous les piliers d'angle, toutes les pentes de glace, tous les glaciers suspendus ont dû capituler devant l'homme et livrer le secret de leurs abîmes aux alpinistes que rien n'effrayait. Mais il reste encore des lieux jamais foulés et qui narguent, des mille reflets de leur carapace de glace, les hommes qui s'aventurent sur la plaine glaciaire. On évoque, en les admirant, des régions très lointaines : le Groënland, le Spitzberg, ou bien encore ces glaciers mystérieux de l'Himalaya, ou ces vallées désertes du Caucase! C'est aussi beau et aussi grandiose, et, lorsqu'on prend pied, après la pénible montée le long de la montagne de Lognan, sur la haute vallée de glace, on éprouve la sensation toute neuve de rentrer dans un effondrement secret de la terre; le glacier n'est qu'un canon sans issue, barré sur trois côtés par des rocs et des glaces, et qui semble s'ouvrir dans le vide, du côté de la vallée. On ne distingue plus rien du paysage environnant. On devine vaguement, par-delà la banquise qui se casse sur le néant, un grand trou au fond duquel vivent les hommes ; quelques cimes modestes dentellent très loin l'horizon brumeux, mais tout ce qui pense et songe est accaparé ici par les parois verticales qui dominent, écrasent, submergent et semblent devoir, d'un instant à l'autre, s'écrouler sur l'aventureux qui ose violer leur mystérieuse solitude.

Les deux guides ont fait halte sur le rebord glaciaire du plateau et se sont assis sur leurs sacs à même la neige. Georges, d'un regard connaisseur, inspecte les hautes parois et laisse filtrer à travers ses lèvres un sifflement d'admiration.

— Regarde ce couloir, Pierre ! Quelle ligne directe ! Vu d'en face, il paraît d'une raideur incroyable. Un beau morceau à tailler demain, surtout vers le bombement du milieu où brille la glace ; la rimaye a l'air assez mauvaise ! Bref, c'est acceptable comme conditions. Qu'en dis-tu ?

— Hum !...

Pierre ne trouve rien à dire. Il ose à peine lever les yeux pour examiner l'itinéraire risqué qu'ils emprunteront demain et à la contemplation duquel se délecte Georges. Il eût préféré se trouver là en pleine nuit, de façon à ne rien voir et à se lancer immédiatement à l'attaque sans avoir eu le temps de réfléchir à ce qui les attendait.

Maintenant, c'est sûr, il sera obsédé toute la nuit par la vertigineuse apparition de ce mince sillon de neige tranchant d'un seul jet la montagne depuis le sommet de l'Aiguille Verte, à 4 121 mètres d'altitude, jusqu'au plateau du glacier ! Mille deux cents mètres à grimper d'un même souffle ! sans un emplacement de repos ! sans que l'inclinaison de la pente diminue ! sans un rocher bien chaud auquel s'accrocher des deux mains ! Pendant des heures, peut-être même des jours, il leur faudra se tenir sur les petites marches glissantes, risquant de perdre l'équilibre au moindre mouvement. Dans ces cas-là, il le sait, il est inutile de compter sur l'assurance de la corde, presque illusoire! Que l'un d'eux vienne à déraper, et c'est la chute de la cordée! La corde n'est plus qu'un lien moral entre les grimpeurs.

Pierre, obsédé par ces craintes, veut fuir ses pensées dans le mouvement; il se lève et boucle rapidement son sac.

— Viens, Georges! Ne restons pas là! il commence à faire froid.

Mais ses paroles ne sont qu'une piètre excuse pour dissimuler son malaise. Passant en tête, il trace une piste rectiligne à travers l'immense glacier; la neige est profonde et lourde, car le soleil a chauffé tout l'après-midi. Pierre peine énormément, mais se refuse à céder sa place à son camarade, car cette fatigue salutaire agit comme un narcotique sur son âme inquiète. Il souhaite d'arriver au refuge complètement éreinté, il sera plus sûr ainsi de bien dormir. Les deux hommes pataugent jusqu'au ventre dans une boue liquide; leurs chaussures sont détrempées. Quelle complication! il leur faudra passer la nuit ainsi : gare le gel!

Après deux heures de traversée fatigante sur ce glacier qui n'en finit plus, ils atteignent la petite moraine du glacier des Améthystes, toute coiffée de gros blocs gris, parmi lesquels se confond le refuge, à moitié enfoncé dans l'arête. Pauvre cabane délaissée! Elle est en bien piteux état. Les mouvements du glacier et de la moraine l'ont fendillée, fissurée; les petites fenêtres disjointes ne s'ouvrent plus.

Une énorme congère barre l'entrée, et il leur faut la déblayer au piolet pour dégager la porte.

Après bien des efforts, ils réussissent enfin à l'entrebâiller juste le nécessaire pour pouvoir pénétrer dans le refuge.

Il y règne une obscurité glaciale. Le vent a soufflé par toutes les fissures, et bat-flanc et couvertures sont pleins de neige; les paillasses humides sentent la pourriture. Le refuge est condamné, il est déjà presque abandonné. On parle d'en ériger un nouveau, plus haut dans les rochers, mais l'étude de l'emplacement dure depuis plusieurs années. Il faut en effet l'abriter des avalanches, et tous les automnes des spécialistes construisent de petites pyramides témoins, qu'ils viennent reconnaître au printemps. Généralement, tout leur travail a été balayé par une coulée imprévisible. Il faut recommencer la même manœuvre pour un autre emplacement. C'est un travail de patience et d'expérience, que l'on mènera avec beaucoup de persévérance. En attendant, la vieille cabane agonise, toute disloquée par le sol mouvant de la moraine. Le vent s'y engouffre en miaulant, et, tout autour, des choucas, attirés par la venue de la cordée, criaillent lamentablement dans le vent du soir.

Les deux hommes s'organisent, nettoient la cabane, sortent quelques couvertures pour les faire plus ou moins sécher. Ensuite, sur le petit réchaud à alcool, Pierre fait fondre de la neige pour la soupe du soir. Cela prend beaucoup de temps, mais ils peuvent enfin manger une vague soupe chaude qui réchauffe leur corps tout imprégné de l'humidité glaciale du refuge. La nuit vient sans qu'ils s'en aperçoivent, trop affairés qu'ils sont aux préparatifs de leur grande expédition. Ils font du thé, en remplissent leurs gourdes, quittent leurs chaussures mouillées et les bourrent de paille, tordent leurs bas de laine qu'ils présentent timidement à la flamme du réchaud pour les sécher. L'heure avance et le froid se fait plus pénétrant; une gouttière égrène l'eau de fusion de la toiture sur un coin de la table et le refuge est tout rempli de ce bruit monotone qui cessera bientôt lorsque le gel aura suspendu ses stalactites translucides qui étincellent comme des cierges pailletés d'argent, sous le toit disjoint.

Le silence et le calme de cette soirée sont extraordinaires. Envoûtés par la montagne qui de toutes parts les écrase, les deux grimpeurs parlent peu, échangent les simples mots indispensables, en petites phrases hachées :

« Passe-moi la bouilloire !... Vérifie les lanières des crampons !... Faut encore de la neige pour demain matin !... On devrait se coucher... roupiller un peu !... Crois-tu qu'on bivouaquera demain soir ? »

Questions qui restent généralement sans réponse.

Leurs pensées les obsèdent. Pierre sent un nouveau malaise l'envahir ! Il est trop tard pour reculer maintenant ; il lui faudra partir à contrecœur pour cette course disproportionnée avec ses qualités actuelles. Il revoit en pensée le sinistre couloir bosselé de glace noirâtre, et ce dernier lui paraît encore plus droit, plus interminable, comme s'il allait se perdre très haut sur la terre, à la limite des étoiles.

L'état d'âme de Georges est bien différent. Il se sent guilleret, léger, joyeux, il brûle d'impatience de repartir. S'il ne savait pas toute l'importance que pourront avoir par la suite deux heures de sommeil et de repos, il s'élancerait tout de suite dans la nuit, à la lanterne ; ce serait une folie ! Il faut qu'il se raisonne, qu'il se repose surtout, qu'il calme ses nerfs. La lutte qui les attend demain sera sévère, très dure même, c'est leur vie qu'ils vont jouer... et ils n'ont le droit de la jouer qu'en mettant de leur côté tous les atouts.

La raison triomphe enfin.

— Allons nous coucher, Pierre. Faut reprendre des forces !

Ils ont choisi la place la moins humide du bat-flanc pour s'y rouler dans des couvertures. Ils ont revêtu tout ce qu'ils possédaient : leur cagoule, leurs chandails, et cependant ils ne parviennent pas à se réchauffer ; ils se serrent l'un contre l'autre pour unir la chaleur de leurs deux corps. Ils ont soufflé la bougie, mais ne dorment pas ; ils savent qu'ils ne le pourront pas, trop obsédés par la veillée tragique dans cette cabane déserte et croulante. Alors, ils s'astreignent à ne plus penser, et, parfois, rompus de fatigue, ils s'assoupissent lourdement. Quelques minutes après, ils se réveillent en sursaut, persuadés d'avoir dormi des heures. Ils se retournent, cherchent une meilleure position, puis, la fatigue prenant le dessus, ils s'endorment d'un seul coup, comme s'ils perdaient connaissance.

12

A minuit, Georges rejette les couvertures, allume la bougie, et secoue Pierre qui se lève machinalement. Tout est silencieux dans la cabane, silencieux et froid. Ils contemplent bêtement leurs chaussures à moitié gelées, les pétrissent longuement avec les mains avant de pouvoir les mettre. Malgré cette précaution, ils devront forcer, car les chaussettes humides ne glissent pas dans le cuir durci ; c'est comme s'ils chaussaient des sabots trop petits. Sur le petit réchaud, un peu de thé commence à fumer. Ils essaient de manger mais l'heure est trop inusuelle et leur estomac se rétracte. Tant pis, cela eût été nécessaire, car, une fois engagés dans la pente de glace, ils ne pourront plus s'arrêter jusqu'au sommet, et d'ici là !...

Le refuge est nettoyé, la porte soigneusement refermée et les sacs bouclés. Vers une heure du matin, ils abandonnent la cabane. La lanterne éclaire un petit cercle de cailloux enneigés, et c'est tout. La nuit est d'encre, avec à peine quelques traînées livides du côté des grandes murailles : les couloirs de glace. Un craquement formidable éveille d'un seul coup la nuit maléfique ; quelque part, en face, un sérac a cédé d'un coup et est venu s'écraser en poussière sur le glacier.

En titubant sur les cailloux instables, ils gagnent le plateau, puis se dirigent et s'orientent comme ils le peuvent en direction du pied de l'Aiguille Verte. Bientôt, ils butent contre les premiers ressauts de la pente, les champs de neige se redressent. Ils montent d'interminables côtes, lentement, tête baissée, scrutant les crevasses qui surgissent tout à coup devant eux comme des lucarnes ouvertes sur les ténèbres. Ils contournent un petit chaos de séracs : déjà une vague lueur leur permet d'identifier le paysage, et l'aube glaciale les rejoint au bord de la rimaye.

Il y a trois heures qu'ils marchent ; ils font une dernière halte.

Au-dessus, le couloir est si redressé qu'ils sont obligés de se tordre le cou pour en voir la fin. Une petite corniche insignifiante le barre vers le haut ; elle semble toute proche vue dans ce raccourci saisissant. Ils ne se laissent pas tromper par cette déformation due à la perspective ; une lutte sévère les attend, car ils auront à gravir douze cents mètres sur cette pente rectiligne, qui se redresse par endroits jusqu'à vouloir se retourner. Pierre ne peut détacher son regard de la cime. La petite corniche blonde le fascine, l'envoûte. Il a peur et il ne renonce pas, il a conscience des difficultés qui l'attendent, mais, loin de vouloir éviter le combat, il n'a plus qu'une idée : s'élancer à l'assaut ! Le véritable courage ne consiste-t-il pas à triompher de la peur ?

Georges est plus calme et plein de bon sens.

— Mangeons un morceau ! Faut conserver ses forces ! Après, tu sais, faudra plus compter sur une halte ! La pente est trop raide et, jusqu'à la calotte, il faudra tailler et monter sans même reprendre son souffle.

Ils se forcent pour avaler quelque chose : des biscuits, du chocolat, une pomme. Ils remplissent leurs poches de pruneaux et de morceaux de sucre, chaussent les crampons et en lacent minutieusement les courroies.

Georges n'a même pas posé la question de savoir qui marcherait en tête ; il prend la direction de la cordée que Pierre ne lui dispute pas, s'attache à cinquante mètres de longueur, accroche quelques pitons à glace et des mousquetons à sa ceinture, vérifie le serrage de la lanière de son piolet sur son poignet, et, enfin, songe à étudier le passage. La rimaye est très haute, s'ouvre largement et sa lèvre supérieure surplombe de plusieurs mètres la lèvre inférieure.

Le rocher n'est visible nulle part, sauf à l'extrême droite, mais s'ils attaquaient cet éperon, ils seraient déportés en dehors du couloir, et ils se sont assigné de suivre l'itinéraire le plus élégant, une ligne directe de la base au sommet.

Ils vont et viennent le long de la crevasse, cherchant le point d'attaque le plus facile ; un fragile pont de neige peut leur permettre de gagner une petite cheminée de glace qui fendille la lèvre supérieure. Escalader cette fissure est l'unique moyen de triompher du surplomb.

— Va y avoir une sacrée taille, fait Georges, mais ça doit passer, c'est une question de patience ! Fin prêt, Pierre ?

— Fin prêt ! Allons-y.

Georges éprouve du piolet la solidité du pont de neige. C'est une arche mince et solide qui chevauche un gouffre dont on ne voit pas le fond. Pierre prend un peu de recul, plante son piolet dans la neige profonde, et se prépare à assurer la montée de son compagnon.

La passerelle de neige vient buter contre la paroi de glace ; Georges se met au travail, creuse des encoches dans la glace vive, des marches solides pour les pieds, de petites prises pour les mains, et s'élève très lentement, car il est obligé de tailler d'une main, travail épuisant auquel vient s'ajouter le froid qui raidit les doigts à travers les gants de laine. Il gagne cinq à six mètres de hauteur, puis, comme il atteint la base surplombante de la cheminée de glace, il plante un long piton et passe sa corde dans l'anneau ; elle coulisse à merveille.

— Et d'un ! dit-il.

Il se laisse glisser le long de la corde, retraverse le pont de neige et vient se reposer à côté de Pierre. Ayant quitté ses gants, il souffle sur ses doigts et les frotte vigoureusement pour rétablir la circulation ; puis repart à l'attaque, monte rapidement jusqu'au piton en utilisant les marches déjà taillées, et engage précaution-neusement le haut de son corps dans la fissure de glace. Celle-ci est trop étroite pour tailler normalement ; il glisse son piolet dans sa ceinture, prend son couteau et creuse de petites prises pour les mains, puis il ramone en faisant mordre les petites pointes de ses crampons dans les parois, exactement comme s'il escaladait une fissure rocheuse. Sa montée est très lente, il se fatigue, mais gagne ainsi une dizaine de mètres. Il surplombe maintenant le gouffre béant de la rimaye, qui se perd dans les profondeurs bleutées. Il utilise une petite plaque de glace pour y prendre pied et se reposer. Un deuxième piton, mince comme une lame de couteau, est enfoncé dans la glace. En levant la tête, il distingue à quelques mètres de hauteur la fin de la cheminée et aperçoit le ciel comme du fond d'un puits.

— Encore un effort, et j'y suis ! crie-t-il joyeusement à Pierre.

Sans répit, il poursuit son ascension, se colle contre la glace, fait opposition des mains et des pieds sur les parois ; la fissure s'élargit et il continue à grimper, le corps arqué au-dessus du vide, les mains crispées dans de minuscules encoches qui se remplissent d'eau gla-ciale. La sortie de la fissure nécessite une dernière manœuvre plus délicate. Il s'arc-boute sur ses pointes de crampons qui déchirent et écaillent la glace bleue, et, reprenant son piolet, réussit à l'enfoncer sur la lèvre supérieure ; alors, très doucement, il se hisse dessus et, dans un dernier effort, sort en rampant sur la pente de neige supérieure. Le soleil vient le frapper juste comme il se redresse et jette un joyeux jodel de victoire. C'est comme s'il était baigné de chaleur, ses muscles jouent plus librement, son sang coule plus chaud. Après la lutte obscure dans le froid terrible de la fissure de glace, il croit renaître à la vie.

En dessous, Pierre, étreint par le froid, claque des dents. Mais la peur, l'ignoble peur, s'est envolée mira-culeusement en présence des difficultés. C'est un autre homme qui entend le joyeux appel de Georges, un homme impatient de lutter. La corde file rapidement dans la cheminée de glace. Pierre assure son piolet à sa ceinture, vérifie une dernière fois l'ajustage de ses crampons et s'élance avec joie. Au passage, il arrache à coups de marteau les précieux pitons, qu'il enclenche dans sa ceinture; à son tour, il étreint furieusement la glace, et poursuit sa reptation ascendante vers le soleil. Sur sa tête, un coin de ciel très bleu lui indique le chemin; encore tout essoufflé par cet effort rapide, il se retrouve assis à côté de Georges.

Sous eux, c'est la coupure de la rimaye, puis le glacier qui déferle, moutonne et craque comme une pâte en fermentation.

Alors les deux hommes tournent leurs regards vers le haut.

Le passage de la rimaye leur a pris trois heures, sans qu'ils gagnent rien en altitude. Debout contre la pente, ils s'appuient contre le glacis qui fuit vertigineusement dans l'espace : rien ne distrait la vue de la monotonie étrange de ce couloir, si ce n'est une longue rigole d'avalanche sculptée sur l'uniformité de la pente. Tout, d'ici, est vu en raccourci : plus aucun repère pour indiquer les dimensions et souligner la verticalité de l'ensemble, plus rien que ce mur blanc strié et buriné par les pierres qui en écaillent la surface, et souillé sur ses bords, tout contre les arêtes rocheuses mantelées de verglas, par de petites traînées noires : les traces des glissades de pierres aux heures rares du dégel.

Au début, le couloir est en neige dure; à la rigueur, on peut y enfoncer le bout des pieds, et se creuser une marche d'un bon coup de semelle. Pierre a pris la tête, car Georges, avec sa mutilation, ne pourrait pas remplir cet office, et il avance droit en haut dans la pente, longeant le bord de la rigole qui se creuse comme un petit canal aux bords de marbre poli; il croit escalader une gigantesque échelle qui conduirait dans un monde étrange et nouveau pour lui. Il grimpe des quatre membres, son piolet bien en main fixé solidement par la pointe dans la neige, l'autre main restée libre posée à plat et assurant l'équilibre ; les pointes de ses crampons s'incrustant dans la neige dure, il s'élève ainsi à longueur de corde. Le vide fuit sous ses jambes, mais un vide comme il n'en a jamais vu, une immense glissoire qui va s'amenuisant avec la distance pour se terminer par un goulet étroit sur le vide : la rimaye. Quand il a grimpé ses cinquante mètres à toute allure et sans se reposer, il fiche solidement son piolet dans la neige, passe la corde derrière le manche, et la ramène doucement au fur et à mesure que Georges monte. Le moindre faux mouvement, la moindre rupture d'équilibre seraient fatals ; il s'en moque éperdument. Jamais il ne s'est senti aussi solide, et ses appréhensions de la veille se sont envolées comme un mauvais rêve ; pour l'instant, il ne songe qu'à assurer la progression de son ami. Leurs deux vies sont solidement liées par cette corde qui les rend solidaires des mêmes dangers. Il aperçoit, en se penchant contre la pente, Georges qui s'encadre entre ses jambes écartées et qui monte, le nez contre la neige, observant la règle immuable de l'alpinisme, avoir toujours trois points d'appui : deux jambes et un bras solidement accrochés avant de déplacer l'autre bras, ou bien encore, deux bras et une jambe, mais évitant ces manœuvres audacieuses où l'on se rattrape *in extremis* avec des sueurs froides par tout le corps.

Georges est près de lui maintenant. A son tour, il fiche son piolet et file de la corde à son camarade. La montée continue ; le soleil tape dur sur la pente de glace et ils rabattent sur leurs yeux les lunettes bordées d'aluminium ; la réverbération est telle que, même à travers les verres fumés, ils sont éblouis par tant de lumière. Les rayons ultraviolets brûlent durement et, pour se rafraîchir, ils prennent de grandes poignées de neige qu'ils se passent sur la figure.

Ils oublient la fatigue ; il arrive toujours un moment

où la fatigue disparaît, où la machine humaine apparaît si merveilleusement réglée, qu'on peut marcher des heures, des jours, des nuits et encore des jours sans rien ressentir.

L'inclinaison de la pente augmente encore, et à cause d'un imperceptible changement d'orientation dans la paroi, voici que la neige dure, la bonne neige où l'on pouvait cramponner en toute sécurité, s'est transformée en une poudreuse sournoise, qui recouvre la glace noire.

Ils sont à peine à mi-chemin du couloir et pourtant il leur semble toucher de la main le sommet écrasé par la perspective ; ils se repèrent sur les arêtes rocheuses voisines, et jettent de rapides coups d'œil sur l'immense paroi où ils sont accrochés comme des mouches sur une vitre lisse. Pauvres petits d'hommes aux prises avec la plus inhumaine des montagnes !

Ici, chaque geste garde sa valeur, chaque mouvement compte, chaque réflexe peut tuer ou sauver ; il ne s'agit plus de surmonter avec aisance un passage difficile mais court comme il s'en présente si souvent dans le rocher. Il faut concentrer son attention et sa volonté, s'astreindre à répéter inlassablement les mêmes mouvements ; jusqu'ici tout allait bien, et, si les conditions de neige s'étaient maintenues, Pierre espérait bien toucher dans une heure ou deux la coupole de neige du sommet, mais voilà que la glace sourd de la couche aimable et les menace.

« Ça n'est plus pour rire, cette fois ! » songe-t-il.

Son piolet refuse de s'enfoncer dans la pente ; il l'a senti rebondir sous quelque dix centimètres de neige poudreuse sur le marbre de la glace noire. Il surveille attentivement la pente au-dessus de lui, et lentement ses yeux s'élèvent, cherchant à reconnaître le passage.

Il y aurait bien une solution : traverser horizontalement jusqu'à l'éperon rocheux de la rive gauche du couloir ; c'est bien tentant ! Une heure de taille tout au plus et il pourrait se reposer sur des rochers solides, et ensuite frayer sa route aisément vers la cime ; mais c'est un procédé peu honnête que celui qui consiste à tourner la difficulté. Ils ont décidé en partant de remonter le couloir, il faut aller jusqu'au bout, et lui qui tremblait par anticipation à l'idée d'avoir à tailler sur une pente à soixante-dix degrés se complaît maintenant à examiner la difficulté. Il se taille à grands coups de piolet une confortable plate-forme pour les deux pieds : ce n'est plus une marche, mais une baignoire, comme on dit dans le métier ; puis, saisissant un piton à glace, il l'enfonce à coups de marteau. Voilà qui est fait ; il peut disposer d'un peu de liberté et fait signe à Georges de monter. Lorsque celui-ci l'a rejoint, il lui montre la suite :

— Tu vois ?

— On est bien coincés ! fait Georges. Regarde la plaque de glace qui brille, il faudrait longer le couloir sur la droite.

— Inutile ! c'est encore plus mauvais ! C'est tout en poudreuse et ça cache la glace ; j'aime autant attaquer l'obstacle franchement.

Georges, à son tour, regarde la fuite éperdue du couloir entre ses jambes.

— Mince de raideur ! Si on venait à tomber, quel saut !

— Si on venait à tomber, on glisserait et on sauterait la rimaye comme sur un tremplin de ski, fait Pierre, optimiste. Peut-être qu'on s'en tirerait ?

— Bourrisson s'en est bien tiré en débaroulant de six cents mètres au Col de la Tour des Courtes !

— Et l'Anglais du Col de Miage !

— Et Fernand des Praz-Conduits, au glacier de la Thendia !

Ils passent en revue tous les accidents miraculeux de ces dernières années où des alpinistes, servis par la chance, se sont retrouvés vivants après des dégringolades sensationnelles.

— Pour l'instant, s'agit pas de tomber, fait Georges,

mais de continuer. Laisse-moi passer en tête; tu dois être fatigué!

— Non, Georges, c'est trop en glace dure, là-dessus; tu pourrais être gêné par tes panards!

— Et ton vertige?

— Regarde!

Et Pierre se tourne face au vide et crache dédaigneusement.

— Écoute, vieux, reprend-il, je ne sais pas si on réussira, mais tout ce que je sais c'est que le vertige, c'était de la rigolade! Je suis en forme, laisse-moi filer!

— A ta guise!

Pierre vérifie d'un geste discret la disposition des pitons à glace qui hérissent sa ceinture, puis il assure son piolet bien en main et commence le fastidieux travail de taille. La glace vole en éclats sous les coups de piolet; lui, va avec assurance, montant la pente, en biaisant légèrement, aménageant de petites encoches pour les mains, et de belles marches étroites et bien allongées pour les pieds; il taille sa voie en pleine montagne, et avance lentement. En dessous, Georges le surveille et, comme il se sent tout à coup très las de cette inaction forcée, il s'appuie de tout son long sur la paroi et baigne sa figure brûlante à même la neige.

Pierre est aux prises maintenant avec la couche de glace bleue qui brillait si fort sous le soleil; elle est tellement dure qu'elle se brise en écailles et qu'il lui faut ciseler chaque marche à petits coups de piolet précis; ses pointes de crampons mordent à peine sur les marches, et la pente devient si raide que, lorsqu'il lui faut changer de pied, il est obligé de se tailler une encoche supplémentaire.

Tout absorbé par la taille des marches, il ne voit pas descendre en ricochant le long du couloir quelques cailloux détachés par le soleil. Georges l'alerte d'un cri:

— Cailloux! attention!

Il a juste le temps de se coller contre la pente de glace et, comme il n'a pas fini de tailler sa marche, il reste ainsi en équilibre sur deux pointes de crampons; un projectile gros comme le poing siffle à son oreille, puis un autre et un troisième qui aurait dû, selon toute logique, lui fracasser le crâne l'effleure et lui arrache son béret, égratignant à peine le cuir chevelu.

L'alerte a été chaude. Pierre, très lentement, reprend son équilibre; il y parvient avec peine, et continue la taille interminable.

— A bout de corde! l'avertit Georges.

Flegmatique, il taille une nouvelle plate-forme, plante un nouveau piton, et fait monter près de lui son compagnon. Son bras se fait lourd comme s'il lui survenait un commencement de paralysie; il a peine à serrer des doigts le manche du piolet.

— Tu es fatigué, Pierre; laisse-moi passer en tête!

— Jamais! Je termine la glace! J'ai juré de passer. Tu me remplaceras pour le restant de la course.

Si seulement ils pouvaient boire! Mais ils n'y songent même pas; quitter le sac serait une manœuvre trop dangereuse... pas de faux mouvements!

Pierre colle ses lèvres contre la pente de glace et suce avidement l'eau de fusion. Il repart avec la souplesse d'une danseuse et, dès qu'il s'est élevé de quelques marches, Georges le remplace sur la plate-forme. La montée, d'une monotonie désespérante, se poursuit. Le soleil est déjà haut dans le ciel; ils calculent qu'il peut bien être midi, peut-être même deux heures de l'après-midi; ils n'échapperont pas au bivouac! Le sac pèse très lourd sur leurs épaules et leur estomac crie famine; ils tirent hâtivement des pruneaux de leurs poches et les mâchonnent pour tromper la faim.

Pierre réussit à s'élever ainsi d'une centaine de mètres au prix d'efforts inouïs. Il aperçoit tout proche une pente de neige qui lui paraît plus accueillante; il taille en biais pour la rejoindre, et quelle joie lorsqu'il sent que la neige est mi-fondue et malléable! Il s'y enfonce des mains et des pieds. Dans son impatience, il voudrait escalader ainsi rapidement le passage, mais il oublie

Georges qui, derrière, peine à l'endroit le plus dangereux.

Une traction de la corde, suivie d'un léger cri, le rappelle à ses devoirs.

— Doucement! tu vas me faire basculer!

Il se retourne pour surveiller son compagnon, et, tout à coup, de le voir accroché ainsi du bout des doigts et des crampons sur cette invraisemblable paroi de glace, le vertige le prend! Tout tourne; le couloir se tord en spirale, comme s'il voulait se visser sur le glacier en contrebas. Dans un effort de volonté, il chasse cette vision atroce et s'incline tout de son long sur la pente de neige. Georges est tout près qui lui crie d'avancer; il repart, fait une grande longueur de corde simplement en plantant dans la neige les pieds et les mains, puis, comme il lui semble avoir atteint un léger replat, il s'y accroupit. Ce n'est qu'une simple bosse, mais l'inclinaison n'est plus maintenant que de quarante à quarante-cinq degrés, et, comparée au gouffre vertigineux qu'ils viennent de gravir, la pente leur apparaît plate et accueillante.

Ils sortent la gourde de thé du sac et boivent une longue goulée. Oh! la fraîcheur du liquide qui imprègne délicieusement leurs muqueuses desséchées! Ils boiraient sans arrêt, mais il faut qu'ils se modèrent, car ils auront une nuit encore à passer à la belle étoile. Et quelle nuit!

A coups de piolet, Georges égalise une sorte de banc dans la pente de neige; ils peuvent enfin se reposer! La chaleur devient suffocante; ils nouent leur foulard rouge sur la tête et cela leur donne un faux air de bandits calabrais, bien étrange dans ce lieu perdu. Sous leurs pieds, la pente fuit comme si elle était sans cesse renouvelée. De lourdes avalanches roulent sans arrêt, et bientôt ils voient partir à cent mètres plus bas une coulée qui efface, comme d'un coup de gomme, leurs traces de montée.

— Faut pas moisir ici, fait Georges; on est encore en

plein dans la trajectoire des coulées; tirons un peu sur la rive droite!

Ils repartent, et Georges, qui a pris la tête, fait sa trace sur une sorte de croupe très raide; enfin, la neige lourde cesse et fait place, juste sous le sommet, à des champs de neige redressés jusqu'à toucher l'énorme corniche qui barre la route à cet endroit. Sur leur droite, vers le nord, l'arête déchiquetée des Grands-Montets, hérissée de tours et de remparts rocheux, pointe ses dents de scie au-dessus des pentes de glace.

L'ascension se continue et leur semble monotone, maintenant que la victoire est proche; leur force d'action s'est réduite et ils ressentent durement la fatigue, mais comme ils veulent atteindre à tout prix le sommet, ils ne s'accordent aucun répit.

Pierre savoure la joie de la victoire remportée, double victoire sur la montagne et sur lui-même; son âme est en paix et il monte avec la sérénité de quelqu'un qui est sûr d'atteindre désormais le but qu'il s'est proposé. Déjà, il ébauche de grands projets; cette année, il sera porteur, mais dès l'an prochain il passera l'examen, et il se voit déjà avec l'insigne rond des guides accroché sur sa veste! « Tu seras guide, se répète-t-il, tu seras guide! » Et il laisse errer des regards de propriétaire sur le paysage tourmenté des cimes. Ce royaume est à lui! il a su le conquérir! Il a payé sa victoire très cher; pas autant cependant que son pauvre vieux copain qui enfonce devant lui à chaque pas ses moignons mutilés dans la neige. Il ne peut s'empêcher de lui crier sa joie :

— Georges! Georges! on a vaincu! on est bons!... tu sais, c'est dit! je rentre guide.

— Moi aussi, hurle frénétiquement Georges, sans se retourner. Moi aussi : et pas plus tard que demain, quand nous serons redescendus... et on leur montrera qu'on est des hommes! oui, mon vieux, des hommes!

Le plateau du glacier, tout en bas, brille comme un creuset de métal en ébullition; de lourdes volutes de fumée flottent vers le Col Dolent, et, tout à coup, ils s'aperçoivent qu'ils ont dépassé en altitude les cimes environnantes.

Vers l'est, les Alpes suisses s'étagent jusqu'à l'infini de l'horizon, comme des chaînons séparés par des mers de nuages. Voici le Grand-Combin, si proche et si gigantesque, qui monte la garde aux confins du Val d'Aoste, et, plus loin, le Weisshorn, magnifique de pureté, et la Dent Blanche, crochetée comme une canine, et la Dent d'Hérens, aux rochers noirs striés de glace, et, tout là-bas, le Cervin, aigu comme un défi, bosselé par son nez de Zmutt, tout bleu dans l'ombre des montagnes ; et aussi les étendues polaires du Mont-Rose, qui flottent au-dessus de la terre, et, plus au nord, l'Oberland, tout entier ramassé et confondu avec son enchevêtrement de sommets, de pics et de glaciers et plus bas les ridicules collines bleutées du Faucigny et du Chablais, qui, vues d'ici, ne semblent plus que de simples rides sur la surface de la terre ; et, tout près, si près qu'il semble qu'on pourrait y jeter une pierre, le trou profond de la vallée de Chamonix, dessinant ses sentiers et ses bois, ses villages et ses routes comme une immense carte géographique. Mais le paysage des lointains grandioses n'efface en rien la beauté des premiers plans extraordinaires, toutes ces cimes si proches et séparées par des couloirs infranchissables où roulent et tempêtent les avalanches, et toujours le regard revient vers la grande pente qui s'incurve vers le glacier, toute lisse et brillante. En la contemplant gravement, Pierre ne peut s'empêcher de murmurer :

— On est montés par là !

Oui, ils ont triomphé ! Oui, ils ont pu passer ! et maintenant ils rient de leurs terreurs et de leurs appréhensions ; ils abordent en vainqueurs la corniche du sommet.

Elle surplombe de façon menaçante ; qu'elle vienne à s'écrouler et ils seraient balayés comme fétus jusqu'à la rimaye qui ouvre sa plaie au bas de la pente. C'est le dernier obstacle et non le moins délicat.

Alors, Pierre reprend la tête de la cordée.

— Laisse, dit-il à Georges, j'ai une revanche à prendre depuis la corniche du Brévent.

Tandis que Georges le surveille et se tient prêt à enrayer la chute, il attaque l'obstacle au piolet, casse les stalactites de glace qui pendent dangereusement et se brisent sous ses coups comme du verre filé, puis il travaille à petits coups de panne, creuse une gorge dans la corniche, s'y engage, enfonce le manche du piolet jusqu'à la garde et le retire. Par le petit trou ovale qu'il vient de faire, il aperçoit l'autre versant.

— Ça y est ! on passe !

Il achève sa destruction en quelques coups de pique, puis se hisse sur la cime sous une rafale de vent qui le fait chanceler, mais il se redresse et hurle sa joie comme un fou.

Alors, tous deux, debout sur le faîte étroit comme un pignon d'Alsace, s'étreignent, se serrent les mains ; pour un peu, ils s'embrasseraient ! Ils ne songent pas au retour. L'Aiguille Verte ne possède aucune voie facile, et pour redescendre il leur faudra affronter la verticalité du dangereux couloir Whymper, tout buriné par les avalanches et les chutes de pierres. Qu'importe ! Ils s'en moquent, la nuit peut bien venir, et avec elle le bivouac ; ils ont vaincu et ne veulent plus laisser aucune chance de triompher à la montagne.

13

Ils décident de la conduite à tenir :

— C'est trop tard pour descendre et la neige est trop molle dans le couloir, dit Pierre. Attendons ici le coucher du soleil ; ensuite, on bivouaquera en contrebas de l'arête sur les premiers rochers. Qu'en dis-tu ?

— Et si nous marchions toute la nuit? suggère Georges.

— Une folie! on est fatigués, nous n'avons presque plus de bougie; il n'y a pas de traces. Tôt ou tard, on serait forcés de coucher dehors; alors, autant le faire en lieu sûr.

— Et si le mauvais temps nous surprend ici?

— Regarde! on ne risque rien.

Non! Ils ne craignent plus rien; les éléments sont avec eux. Le coucher du soleil se prolonge indéfiniment; il fait déjà nuit noire dans les plaines, mais ici, sur cette crête, à plus de quatre mille mètres, ils dominent les ombres et sont encore caressés par les délicates lumières du jour qui s'achève.

Le crépuscule ensanglante le ponant; c'est un embrasement très fort, comme une aurore boréale, qui domine les vallées d'ombres, et c'est bien la sensation qu'ils éprouvent d'être échoués quelque part sur une banquise polaire, au bord d'un océan de ténèbres qui viendrait battre des récifs enneigés. Il n'y a plus que quelques points de lumière accrochés sur la terre : les sommets de plus de quatre mille mètres. Cela fait cinq ou six foyers lumineux qui semblent veiller comme des phares sur le repos des hommes, puis ils s'éteignent les uns après les autres; finalement, il n'en reste plus que deux : le Mont-Rose, à l'est, le Mont-Blanc, à l'ouest. Le Mont-Rose se met en veilleuse, puis disparaît dans la nuit; alors, l'invisible Gardien, jugeant que l'heure est définitivement au repos, éteint à son tour la dernière lueur irisant la coupole du Mont-Blanc.

Aussitôt, dans les vallées, pointillent les lumières des hommes. On reconnaît les agglomérations importantes au halo lumineux qui s'en échappe; ainsi, là-bas, cette rangée de feux qui miroite, c'est Genève, et, tout au nord, cette fine couture de lumières, Lausanne. En dehors de ces foyers importants, de petites veilleuses tremblotantes s'allument et s'éteignent un peu partout dans la montagne, et jusque dans les solitudes. Cette lueur très pâle à cinq mille pieds sous eux qui veille solitaire en plein cœur du massif du Mont-Blanc, n'est-ce pas le feu du refuge du Couvercle ? A l'abri de ses parois, des hommes terminent la veillée autour de la table commune ; sans doute s'affairent-ils à préparer leurs sacs en attendant l'heure nocturne du départ. Demain, peut-être, en viendra-t-il jusque sur cette cime magnifique où Pierre et Georges vont bivouaquer.

Le froid les ramène à la réalité de l'heure présente. Ils font une longueur de corde sur le versant de Talèfre et se mettent à l'abri du vent du nord en contrebas de l'arête. Abri précaire ! car la bise souffle à travers le Col de la Grande-Rocheuse, cette simple faucille de glace, ce passage impossible et délaissé entre Argentières et Talèfre.

Les premiers rochers pointent au-dessus du livide couloir Whymper. C'est là qu'ils descendront demain, avant que le soleil n'ait libéré les pierres de l'étreinte des glaces. Pour l'instant, ils dégagent et aménagent une petite plate-forme et creusent la neige jusqu'à s'y faire un trou presque confortable ; ils en tapissent le fond avec des cordes qui formeront un précaire isolant contre le froid. Dans cette petite grotte, ils peuvent tout juste se remuer, mais le travail qu'ils viennent de faire leur a procuré une douce chaleur, et ils désirent la conserver. Pierre sort le réchaud à alcool et fait fondre la neige dans sa gamelle. L'eau se forme lentement et bout ensuite rapidement. Ils y jettent un peu de thé et de sucre : le restant de leurs provisions. Ce breuvage leur paraît divin. Ils se pelotonnent l'un contre l'autre, et résistent contre le sommeil qui les prend et les accable, car ils savent tout le danger qu'il y aurait à s'endormir par ce froid. Alors, ils s'occupent, délacent minutieusement leurs crampons dont les courroies commencent à geler, fourrent leurs pieds dans les sacs, remontent leurs cagoules jusqu'aux yeux, puis, n'ayant plus rien à faire, ils chantent.

Ils chantent à tue-tête dans la nuit brillante des

quatre mille. Pierre entonne tout ce qu'il sait : chansons de montagne, chansons à boire ! et même par moments un grand air d'opéra ; Georges, qui chante faux, l'accompagne en seconde partie. Alors, quand ils ont bien chanté, ils s'arrêtent, épuisés, et s'assoupissent ; pas pour longtemps, car le froid les réveille et les chansons reprennent ; c'est meilleur que de claquer des dents !

Les nuits sont courtes à la fin juin et à quatre mille mètres d'altitude. Lorsque le jour se lève, ils commencent à souffrir réellement du froid. Ils allument le réchaud et se font chauffer un nouveau breuvage. Leur engourdissement de la nuit se prolonge, et ils espèrent le soleil qui ne va pas tarder ; déjà le Mont-Blanc scintille, et voici qu'un jet de chaleur les atteint, les baigne et les ranime. La neige, qui était livide et grise, scintille de tous ses cristaux. Ils sortent de leur tanière de glace, s'ébrouent au soleil et se donnent de grandes tapes dans le dos, jusqu'à ce qu'ils se jugent prêts à affronter la descente.

Le départ est très difficile ; le haut du couloir est en glace vive et il ne faut pas songer à se lancer sur la pente, car on perdrait un temps infini à tailler dans ces conditions défavorables. Ils décident de longer pendant un certain temps les rochers de sa rive droite ; Pierre part en premier, taillant d'excellentes marches dans une neige dure qui se laisse trancher facilement. Georges, qui vient derrière, descend plus lentement, plaçant avec précaution ses moignons de pieds, trop longtemps comprimés et qui lui font mal, dans les marches ; ils manœuvrent les cordes avec prudence. Au début, la paroi est très raide, presque aussi escarpée que le versant nord, mais ils peuvent aller de rocher en rocher, et s'assurer ainsi d'excellente façon. Cependant, ils envisagent le moment où il leur faudra traverser le couloir et gagner sa rive gauche, sous les à-pics de la Grande-Rocheuse. Cette traversée d'une centaine de mètres a été illustrée, hélas ! par plusieurs accidents.

114

— Après ce qu'on vient de franchir, convient Georges, il ne s'agit plus de dévisser! Plante un piton ici, un autre au milieu du couloir, et, comme ça, on sera tranquilles!

Pierre attaque le passage délicat. La glace, lavée et durcie par les coulées incessantes, est noirâtre et dure comme le granit qu'elle recouvre. Le piolet rebondit parfois avec un son creux sans rien entamer; l'inclinaison de la pente oblige le grimpeur à tailler d'une seule main et le travail du leader en est rendu extrêmement dangereux. Au bout d'une heure d'efforts, Pierre, atteignant le milieu du couloir, enfonce un long piton à glace, et, désormais mieux assuré, continue sa progression. Il franchit délicatement quelques rigoles très lisses, puis sent avec soulagement que la glace devient moins dure sous le pied, et, peu à peu, cède la place à la neige; il remonte sur l'autre rive, s'aménage une bonne plate-forme et fait venir son compagnon.

Pauvre Georges! Il a peine à faire tenir ses sabots recroquevillés dans les marches allongées et peu profondes qu'a dû tailler Pierre. Il peste tout haut et maudit son état, mais il passe quand même; il veut essayer d'arracher le piton central, mais sa position est trop précaire et Pierre lui crie de l'abandonner.

— Laisse-le, vieux! ça ne vaut pas un dérapage.

Il déclenche son mousqueton et continue: le voici tout près de son camarade... encore une dizaine de mètres! Mais Pierre, en pleine forme, a taillé des marches trop espacées pour l'infirme. Georges est obligé de se creuser de nouvelles prises; il le fait avec calme, en jetant parfois un long regard sur le couloir qui se tord et fuit dans le vide.

— Tu parles d'une chute! dit-il; c'est presque plus impressionnant que de l'autre côté avec tous ces rochers qui pointent.

Très bas, s'incurve en lignes adoucies la cuvette supérieure du glacier de Talèfre, vasque de neige épaulant les clochetons de la Verte; quand ils l'atteindront, leurs peines seront terminées.

Et Georges de tailler encore plus énergiquement, mais son piolet, rebondissant sur un rocher caché, lui échappe des mains.

Heureusement pour lui, ses réflexes sont les plus forts et l'incitent à se cramponner sur sa marche sans chercher à rattraper le pic qui bondit et rebondit avec un bruit métallique, puis disparaît dans la pente.

— M...! fait-il.

Pierre ramène son compagnon, en tirant très doucement la corde jusqu'à lui.

Ils examinent la situation.

— Évidemment, fait Pierre, c'est embêtant! Il faudrait pouvoir tailler devant et assurer en dernier; c'est impossible à faire avec un seul piolet. Enfin, tant pis! vaut mieux que ça soit lui que toi! qu'en dis-tu?

— On ira plus doucement, c'est tout! La neige devient bonne.

La neige devenait excellente, en effet; n'eût été la raideur de la pente, on eût pu courir en plantant solidement les talons... Mais il y avait le vide... et les rochers... et les petites rigoles, par lesquelles commençaient à couler silencieusement les pierres.

— Faut cependant pas trop tarder! répond Pierre, sinon, en franchissant la rimaye, on recevra toutes les avalanches qui s'y donnent rendez-vous.

Le couloir Whymper n'est pas à proprement parler un véritable collu, bien délimité comme celui de la face nord. C'est plutôt un large cirque en éventail, une réunion de plusieurs collus, tous plus raides et plus pentus les uns que les autres, qui convergent vers le glacier et se réunissent pour sauter ensemble une énorme rimaye. Il en vient de l'arête du Moine, de la Grande-Rocheuse, du Col Armand-Charlet, de l'Aiguille du Jardin, et l'itinéraire de la Verte se développe à travers ce réseau très compliqué, passant de l'un à l'autre, variable suivant les années, les jours, les mois, l'état de la neige, etc.! Au début de l'été, le couloir n'est qu'une énorme pente de neige, et lorsque vient l'automne il se transforme en un gigantesque pierrier incliné à quarante-cinq degrés, et tissé d'un fin réseau de canules de glace. A cette époque, le couloir subit un bombardement continuel et il est inutile de s'y aventurer. La Verte n'est plus dès lors accessible que par ses arêtes, mais comme la nature fait bien les choses, celles-ci, à l'automne, sont dégagées de neige et permettent souvent une ascension facile.

Nos deux grimpeurs, forts de leur expérience, cher-chaient leur voie à la descente dans ce dédale vertical, supputant par avance l'endroit où ils devraient quitter une coupe de neige coulant entre deux rigoles pour en gagner une autre plus aisée.

Ils allaient rapidement. Pierre, ayant passé le piolet à Georges, descendait en premier et à reculons, comme s'il dégringolait une échelle. Il tapait fortement ses pointes de pied pour casser la neige dure et former des pas pour son compagnon, et enfonçait ses mains dans la neige qui commençait à fondre légèrement en surface. Peu à peu, la pente devint plus douce et ils ne ralen-tirent pas leur allure. Ils négligeaient de s'assurer main-tenant et descendaient l'un derrière l'autre, le visage contre la pente, sans rien voir, ni du paysage ni de l'à-pic; mais leurs oreilles exercées entendaient bruire dans les rigoles les petites coulées du début de la mati-née. Dans quelques heures, ils le savaient, la neige ris-quait de se déclencher en une énorme avalanche qui balaierait tout le couloir jusqu'à la glace, et alors! mal-heur à celui qui s'y trouverait! Aussi se hâtaient-ils!

Ils atteignirent ainsi le rebord rocheux qui domine la rimaye; celle-ci n'est généralement franchissable que sur son extrémité est, là où s'amorce un petit couloir secondaire descendant de l'Aiguille du Jardin. Ils empruntèrent rapidement cet enfant de couloir qui s'élargit en une énorme pente de neige, et se trouvèrent tout à coup sur le bord supérieur d'une faille de plus de vingt mètres de hauteur; aucun passage n'était pos-sible! Il eût fallu faire un immense détour dans les rochers. Allaient-ils se trouver coincés juste au terme de leurs peines ? Au-dessous, c'était le calme serein des champs de neige fendillés d'énormes crevasses qui se boursouflaient et craquaient un peu partout.

Ils ne perdirent pas de temps.

— Taillons un champignon de glace ! proposa Pierre.

Leur technique fut à nouveau mise en œuvre. Ils creusèrent la neige jusqu'à la glace dure sous-jacente, puis taillèrent dedans un énorme champignon, semblable à ces bittes d'amarrage utilisées dans la marine. Quand tout fut terminé, ils l'entourèrent de leur corde de secours, une mince ficelle de six millimètres de diamètre, et se préparèrent à descendre.

Georges passa le premier, assuré par Pierre. Tout de suite, il tourna dans le vide et n'aperçut plus au-dessous de lui que le gouffre velouté de la grande crevasse ; des coulées de neige et d'eau dégoulinaient le long des cordes et le transperçaient. Il réussit, après bien des tentatives et en se balançant au bout de la ficelle, à prendre pied sur un mince pont de neige, puis à remonter jusqu'à sur l'autre rive.

Pierre le rejoignit rapidement, sa tâche étant facilitée par Georges qui l'attira directement jusqu'à lui d'une traction de corde quand il passa à sa hauteur.

Ils s'affalèrent sur le plateau de neige.

Leur grande épreuve était terminée, et maintenant ils se sentaient très las. Leurs yeux, mal protégés par les lunettes, étaient rouges et larmoyants ; ce soleil tropical qui leur renvoyait ses flammes en se réverbérant sur la neige les étourdissait comme au sortir d'un long rêve. Ils auraient voulu boire : ils n'avaient plus rien dans la gourde !

Ils plièrent le rappel, réduisirent leur intervalle de corde à une quinzaine de mètres, et repartirent sur le glacier.

14

La descente leur parut interminable; ils longeaient la base de l'immense arête du Moine toute crêtée de sommets secondaires, franchissaient des ressauts de glace, se faufilaient à travers un chaos magnifique, formé de grands séracs découpés géométriquement en cubes, en tours, en arcades. C'est avec soulagement qu'ils sortirent de ce labyrinthe où ils enfonçaient jusqu'à mi-jambes et retrouvèrent une pente plus raide, juste contre l'Aiguille du Moine. Alors ils se mirent à courir comme des fous dans de vieilles traces encore gelées et comme ils avaient oublié de quitter leurs crampons, ils marchaient, jambes écartées, comme des canards descendant à une mare. Une soif intense les dévorait. Bientôt, ils atteignirent avec les premiers gazons le Clapier du Couvercle. Le vieux refuge dormait paisiblement sous son énorme pierre, comme un coffret de bois précieux oublié dans la gueule entrouverte d'un monstre.

Sur la petite galerie de bois aux tons chauds, un vieil homme aux longues moustaches fumait sa pipe en examinant tour à tour les montagnes et le sentier du Montenvers par où apparaîtraient bientôt les premières caravanes de la journée. Au bruit qu'ils firent en arrivant, il se retourna vivement et sa stupéfaction fut telle qu'il retira précipitamment sa pipe des lèvres, et resta bouche bée sans rien dire.

— Bonjour, oncle! cria joyeusement Pierre.

— Salut, le Rouge! fit Georges.

— Vous deux!

Et le Rouge, tout stupéfait, songea enfin à les interroger.

— D'où pouvez-vous bien sortir à cette heure et dans cet état?

— Verte par la face nord! répondit laconiquement

Pierre, mais avant tout, donne-nous à boire et à manger; à boire surtout, on crève de soif!

Ils pénétrèrent dans l'étroite cabane, accrochant leur piolet au râtelier, et, à cheval sur un banc, enlevèrent leurs crampons.

Tandis que le Rouge faisait chauffer le café, ils lui donnèrent des détails, et l'autre n'allait pas sans s'étonner davantage à chaque phrase du récit.

— Voyons! voyons! Pierre, il y a une chose qui me tracasse; on m'avait dit que tu avais le vertige, et même que... (le Rouge parut un peu gêné) et même que ça t'avait rudement changé! Quant à toi, Georges, celui qui m'aurait dit que tu recommencerais des bambées pareilles! Tiens, j'aurais, je crois, parié mes moustaches que ça n'était pas possible. Vrai! vous en avez des idées! et dans quel but cette grande course? tout seuls! sans monchus!

— Pour faire nos preuves, oncle, car c'est bien décidé, on va rentrer guides tous les deux... et justement, si tu as des clients à me passer...

— Tu ne m'étonnes pas, sacré gamin! j'étais persuadé que ça finirait comme ça!

— Voyez-vous, oncle, le vertige, les pieds gelés, les risques, ça a certainement été créé pour vous donner du goût à la vie. C'est seulement lorsqu'on est mutilé ou appauvri physiquement qu'on se rend compte de la valeur de l'existence.

— Somme toute, en suivant ton raisonnement, la vie ne vaut d'être vécue que du jour où on risque de la perdre?

— Presque! La vie doit être une lutte continuelle. Malheur à ceux qui ne combattent pas! qui se laissent aller aux choses faciles! J'ai bien failli devenir un de ceux-là, oncle! et quand je songe au bourbier dans lequel je m'enfonçais, j'en frissonne de dégoût. Il a fallu Georges et les autres pour me rappeler à tous mes devoirs; surtout Georges qui, lui, n'a jamais cessé de lutter pour reconquérir sa forme!

— Pour ça, oui, mon Georges ; ce que tu as fait là, c'est bien ! T'es un homme à cran ! Seulement, voyez-vous, mes enfants, combattre ne veut pas dire s'exposer inutilement. S'il ne faut pas craindre de risquer sa vie, il ne faut le faire qu'en mettant tous les atouts dans son jeu. Quand j'étais bien gosse, je me rappelle qu'un jour, avec un gamin de mon âge, on avait entrepris de se lancer dans je ne sais plus quelle course ! Comme ça, sans préparation et sans expérience ; on montait toujours ! toujours ! et lorsqu'on arriva au sommet, on s'aperçut qu'on avait oublié de prendre la corde de rappel nécessaire pour revenir. On passa une nuit terrible dans un trou de rocher. Nous n'avions pas de chandails et nous claquions du bec ; presque pas de provisions. Bref, on s'était lancés là-dedans comme de véritables écervelés. Ce fut mon père qui, inquiet comme tu penses, nous découvrit après un jour de recherches et d'appels. J'avais seize ans à l'époque, mais je te jure que j'ai reçu la plus belle raclée de ma vie : « Et attrape ça ! disait le vieux en me calottant. Attrape ça ! gamin, pour t'apprendre à réfléchir ! S'agit pas de grimper seulement, faut aussi savoir redescendre ! Quand on fait quelque chose, faut le faire bien ! faut le préparer ! » Et vlan ! ça pleuvait, les coups, de tous les côtés. Depuis ce jour, je te garantis que j'ai réfléchi à deux fois avant de me lancer dans une aventure : j'ai tout préparé minutieusement, et quand je me suis trouvé en face d'une difficulté j'étais paré pour la surmonter.

— Cependant, Joseph, reprit Georges, il faut bien risquer par moments ! Il y a des passages dont on ne peut pas deviner ce qu'ils vous réservent, et si on ne s'y lançait pas de peur de tomber on ne ferait jamais rien ?

— D'accord ! d'accord ! il faut savoir risquer à bon escient et pour quelque chose d'utile ; ça peut arriver qu'on tombe quand même, mais alors, dans ce cas-là, à la grâce de Dieu qui règle nos destinées ! Tiens, par exemple, lorsque vous vous êtes entêtés, l'année dernière, pour grimper aux Drus malgré le verglas et tout et tout! Si ç'avait été simplement pour réussir la course, je vous aurais donné tort, mais il y avait une chose sacrée à accomplir : ramener le corps de ce pauvre Jean. Dans ces conditions, vous avez bien fait de risquer votre vie ; seulement c'est exceptionnel !

» Notre vie ne nous appartient pas, nous n'avons pas le droit d'en disposer, ce qui revient à dire que pas plus que nous ne pouvons nous suicider, nous ne devons hésiter à la risquer, lorsqu'on la réclame pour accomplir les destinées de la Providence.

» Une mort doit toujours servir à quelque chose. Les grands savants, les explorateurs, les soldats, les marins, les guides qui sont tombés pour une cause juste ou pour une œuvre utile aux autres hommes ont droit à notre respect et à notre souvenir. C'est pour cela qu'il ne faut pas craindre la mort et qu'on doit tirer le maximum de la vie, le maximum en bien comme de juste.

» Tu comprends bien ce que je veux dire, Pierre, continua le Rouge. (Et les deux autres écoutaient gravement.) Il faut vous dépenser jusqu'à la mort, et considérer le repos comme un commencement de la mort. Travailler, lutter, agir, mener une vie rude. Et on y trouve plus de joie qu'à se laisser aller à fainéanter.

» Vous allez rentrer guides tous les deux. C'est un beau métier, dur et dangereux. Pour ma part, je ne l'aurais changé pour aucun autre. Faites bien attention, ce n'est plus de l'enfantillage. Vous ne ferez plus de courses entre camarades comme celle que vous venez de réussir. Vous aurez charge et responsabilité d'existences humaines ; ceux que vous emmènerez se confieront à vous et vous demanderont de suppléer à leur inexpérience. Le travail sera deux fois plus difficile ; au lieu d'avoir un compagnon qui peut vous aider et vous secourir, vous aurez neuf fois sur dix un type qui risquera de vous entraîner à chaque pas. Tiens ! une fois, j'ai eu un client qui a bambé dix fois au bout de la corde en descendant le couloir Whymper ! Et je t'assure qu'à chaque fois ça devenait moins drôle. Je me suis toujours demandé comment j'avais pu le retenir dans les marches !

» Dites-vous bien qu'un client, c'est sacré, et qu'en prenant votre tour au Bureau, vous contractez envers lui un engagement solennel de lui faire accomplir des choses dangereuses et de le ramener vivant.

» J'en ai assez dit; je discute, je discute, et je vous laisse à crever de soif !

» On va fêter votre guérison et trinquer tous les trois. La cabane est déserte, c'est encore trop tôt dans la saison; tant mieux, on sera entre nous.

Le Rouge apporta une bouteille; il était ému, ne voulait pas le laisser paraître et tout en versant le mousseux dans les quarts, il essuyait ses longues moustaches de ses doigts calleux.

Ayant bu, Pierre et Georges, très las, décidèrent de descendre sans plus attendre dans la vallée.

Ils s'élancèrent sur le sentier des cristalliers, dégringolèrent les rampes des Égralets et traversèrent la Mer de Glace sans prendre de repos; ils avaient repris l'allure d'hommes dont le métier est de gravir les cimes.

Le dernier train du Montenvers les amena à Chamonix dans la soirée. Leurs visages étaient brûlés par le soleil et la neige, et la fatigue des deux nuits blanches émaciait leurs traits. Une fois dans la plaine il leur sembla étouffer.

Traversant la ville sans s'arrêter, ils pénétrèrent résolument dans le Bureau des Guides où Jean-Baptiste Cupelaz, assis à sa table, mettait en ordre ses registres. Le guide-chef leva la tête et manifesta, comme le Rouge, son étonnement en les apercevant.

— Ça par exemple ! on dirait que vous venez de loin.

— On a fait la Verte par la face nord, tous les deux, pour s'entraîner !

— Ça, c'est quelque chose !

Et le vieux guide siffla d'admiration.

— Inscris-moi pour l'examen, Jean-Baptiste ! demanda Georges à la Clarisse.

— Tu rentres guide! Avec tes pieds mutilés... t'es pas fou?

— La preuve que non!... je viens de m'assurer que j'en étais toujours capable!

— Ben! ben! je vais constituer ton dossier, répondit lentement Jean-Baptiste. (Puis il sourit malicieusement dans sa barbe et ajouta :) Mais quelle tête ils vont faire ceux de la Commission!... Et toi, Pierre, tu t'inscris également?

— Moi? Je ferai cette année encore le porteur! Je n'ai pas l'âge, mais tu peux préparer mon dossier pour l'année prochaine.

— Ben, mes gaillards! ça fait mé pi pas pi! mais il n'y a rien à dire là-dessus, c'est régulier! Le règlement ne prévoit pas qu'il faille avoir ses deux jambes pour faire un guide; il demande seulement qu'on soit capable d'assurer le métier. C'est égal! quelle tête ils vont faire, ceux de la Commission!...

Jean-Baptiste Cupelaz ouvrit un gros registre, à feuillets détachables et numérotés; de sa grosse écriture maladroite, il écrivit : « Permis de circulation au guide Georges à la Clarisse. » Puis sur une autre souche : « Permis de circulation au porteur Pierre Servettaz. » Il détacha les cartes et les leur tendit.

— Voilà! ça fait cent sous chacun; vous êtes en règle pour prendre le tour.

Serrant précieusement le petit bout de papier dans leur portefeuille, ils sortirent.

— On va chez Gros-Bibi? demanda Georges à la Clarisse.

— Non, vieux, répondit gravement Pierre. J'ai encore une affaire à régler. Adieu, je te quitte, on se reverra souvent maintenant.

— Adieu donc!

Pierre coupa à travers la patinoire transformée par l'été en terrain vague, longea le bois du Bouchet et prit la route des Mouilles. La vallée était plongée dans l'ombre, mais le soleil caché par les coupes boisées du

Prarion illuminait encore la montagne au-dessus des forêts. Le torrent de Blaitière cascadait et grondait dans sa gorge rocheuse; la brise du soir ployait les tiges hautes des avoines et des seigles verts.

Aline l'aperçut de loin qui montait par le sentier de chars. La joie transfigurait le visage de son fiancé; elle n'eut pas besoin d'explication.

Il lui prit doucement la main et demanda :

— Ta maman est là?

— Oui, dans la salle commune.

— Viens, nous avons des tas de choses à lui dire.

Ils franchirent le seuil exhaussé du vieux chalet et laissèrent la porte grande ouverte derrière eux.

On n'entendait plus dans le village que le murmure de l'eau courante qu'un chéneau de sapin déversait à pleins bords dans le bachal.

Et comme la nuit était venue, des lumières apparurent un peu partout dans la vallée.

Alger, 22 février 1941.

Librio est une collection de livres à 10F réunissant plus de 100 textes d'auteurs classiques et contemporains.
Toutes les œuvres sont en texte intégral.

Tous les genres y sont représentés : roman, nouvelles, théâtre, poésie.

Alphonse Allais
L'affaire Blaireau
A l'œil

Isaac Asimov
La pierre parlante

Richard Bach
Jonathan Livingston
le goéland

Honoré de Balzac
Le colonel Chabert

Charles Baudelaire
Les Fleurs du Mal

Beaumarchais
Le barbier de Séville

René Belletto
Le temps mort
- L' homme de main
- La vie rêvée

Pierre Benoit
Le soleil de minuit

Bernardin de Saint-Pierre
Paul et Virginie

André Beucler
Gueule d'amour

Alphonse Boudard
Une bonne affaire
Outrage aux mœurs

Ray Bradbury
Celui qui attend

John Buchan
Les 39 marches

Francis Carco
Rien qu'une femme

Calderón
La vie est un songe

Jacques Cazotte
Le diable amoureux

Muriel Cerf
Amérindiennes

Jean-Pierre Chabrol
Contes à mi-voix
- La soupe de la mamée
- La rencontre de Clotilde

Leslie Charteris
Le Saint entre en scène

Georges-Olivier Châteaureynaud
Le jardin dans l'île

Andrée Chedid
Le sixième jour
L'enfant multiple

Arthur C. Clarke
Les neuf milliards
de noms de Dieu

Bernard Clavel
Tiennot
L'homme du Labrador

Jean Cocteau
Orphée

Colette
Le blé en herbe
La fin de Chéri
L'entrave

Corneille
Le Cid

Raymond Cousse
Stratégie pour deux
jambons

Pierre Dac
Dico franco-loufoque

Didier Daeninckx
Autres lieux

Alphonse Daudet
Lettres de mon moulin
Sapho

Charles Dickens
Un chant de Noël

Denis Diderot
Le neveu de Rameau

Philippe Djian
Crocodiles

Fiodor Dostoïevski
L'éternel mari

Arthur Conan Doyle
Sherlock Holmes
- La bande mouchetée
- Le rituel des Musgrave
- La cycliste solitaire
- Une étude en rouge
- Les six Napoléons
- Le chien des Baskerville
- Un scandale en Bohême

Alexandre Dumas
La femme au collier
de velours

Claude Farrère
La maison des hommes
vivants

Gustave Flaubert
Trois contes

Anatole France
Le livre de mon ami

Théophile Gautier
Le roman de la momie

Genèse (La)

Goethe
Faust

Albrecht Goes
Jusqu'à l'aube

Nicolas Gogol
Le journal d'un fou

Frédérique Hébrard
Le mois de septembre

Victor Hugo
Le dernier jour
d'un condamné

Jean-Charles
La foire aux cancres

Franz Kafka
La métamorphose

Stephen King
Le singe
La ballade de la
balle élastique
La ligne verte
(en 6 épisodes)

Madame de La Fayette
La Princesse de Clèves

Jean de La Fontaine
Le lièvre et la tortue
et autres fables

**Alphonse de
Lamartine**
Graziella

Gaston Leroux
Le fauteuil hanté

Longus
Daphnis et Chloé

Pierre Louÿs
La Femme et le Pantin

Howard P. Lovecraft
Les Autres Dieux

Arthur Machen
Le grand dieu Pan

Stéphane Mallarmé
Poésie

Félicien Marceau
Le voyage de noce de
Figaro

Guy de Maupassant
Le Horla
Boule de Suif
Une partie de campagne
La maison Tellier
Une vie

François Mauriac
Un adolescent d'autrefois

Prosper Mérimée
Carmen
Mateo Falcone

Molière
Dom Juan

Alberto Moravia
Le mépris

Alfred de Musset
Les caprices de Marianne

Gérard de Nerval
Aurélia

Ovide
L'art d'aimer

Charles Perrault
Contes de ma mère l'Oye

Platon
Le banquet

Edgar Allan Poe
Double assassinat dans
la rue Morgue
Le scarabée d'or

Alexandre Pouchkine
La fille du capitaine
La dame de pique

Abbé Prévost
Manon Lescaut

Ellery Queen
Le char de Phaéton
La course au trésor

Raymond Radiguet
Le diable au corps

Vincent Ravalec
Du pain pour les pauvres

Jean Ray
Harry Dickson
- Le châtiment des Foyle
- Les étoiles de la mort
- Le fauteuil 27
- La terrible nuit du Zoo
- Le temple de fer
- Le lit du diable

Jules Renard
Poil de Carotte
Histoires naturelles

Arthur Rimbaud
Le bateau ivre

Edmond Rostand
Cyrano de Bergerac

Marquis de Sade
Le président mystifié

George Sand
La mare au diable

Erich Segal
Love Story

William Shakespeare
Roméo et Juliette
Hamlet
Othello

Sophocle
Œdipe roi

Stendhal
L'abbesse de Castro

**Robert Louis
Stevenson**
Olalla des Montagnes
Le cas étrange du
Dr Jekyll et de M. Hyde

Bram Stoker
L'enterrement
des rats

Erich Segal
Love Story

Anton Tchekhov
La dame au petit chien

Ivan Tourgueniev
Premier amour

Henri Troyat
La neige en deuil
Le geste d'Eve
La pierre, la feuille et
les ciseaux
La rouquine

Albert t'Serstevens
L'or du Cristobal
Taïa

Paul Verlaine
Poèmes saturniens
suivi des Fêtes galantes

Jules Verne
Les cinq cents millions
de la Bégum
Les forceurs de blocus

Vladimir Volkoff
Nouvelles américaines
- Un homme juste

Voltaire
Candide
Zadig ou la Destinée

Emile Zola
La mort d'Olivier
Bécaille
Naïs

Histoire de Sindbad
le Marin

**Achevé d'imprimer en Europe
à Pössneck (Thuringe, Allemagne)
en décembre 1996 pour le compte de EJL
84, rue de Grenelle 75007 Paris
Dépôt légal décembre 1996**

149   *Diffusion France et étranger : Flammarion*